小学统编教材入选篇目 + 小学课标推荐篇目 + 必背经典篇目

一天一首古诗词

冬

主　编：夫　子

编　委：陈俊杰　贺泽妮　刘　艳　毛　恋
唐海雄　唐玉芝　邱　武　王子君
吴　翩　曾婷婷　张　玲　周方艳
周晓娟

山东教育出版社

目　录

立冬日作

lì dōng rì zuò

［宋］陆　游[1]

shì xiǎo cái róng xī，qiáng dī jǐn jí jiān。
室小才容膝，墙低仅及肩。

fāng guò shòu yī yuè，yòu yù shǐ qiú tiān。
方过授衣月[2]，又遇始裘天[3]。

cùn jī gōu lú tàn，zhū chēng bù bèi mián。
寸积篝炉炭，铢称[4]布被绵。

píng shēng shī lòu xiàng，suí chù yì xīn rán。
平生师陋巷，随处一欣然。

注释

❶ **陆游**（1125—1210），字务观，号放翁，南宋著名爱国诗人。❷ **授衣月**：指农历九月。❸ **始裘天**：指农历十月，天气寒冷的季节。❹ **铢称**：极细致地衡量、推究。

译文

居室非常狭小，屋墙很低，刚好到肩。才过了农历九月，又到了十月时节。炭火不旺木柴少，添置棉被还须细打算。虽然平常生活的环境很简陋，却处处觉得愉悦。

赏析

诗人壮志未酬，隐居陋室却不觉得难过，生活艰苦却不以为意，表现出一种乐观坦然的生活态度。

立冬

立冬是农历二十四节气中的第十九个节气。“立”是“开始”的意思，表示冬季的开始；“冬”有“终了”的意思，即农作物收割后要被收藏起来。俗语“冬，终也，万物收藏也”，是说作物全部收晒、入库，动物也要准备冬眠。

dōng yè wén chóng

冬夜闻虫

［唐］白居易[1]

chóng shēng dōng sī kǔ yú qiū
虫声冬思苦于秋，

bù jiě chóu rén wén yì chóu
不解愁[2]人闻亦愁。

wǒ shì lǎo wēng tīng bú wèi
我是老翁[3]听不畏[4]，

shào nián mò tīng bái jūn tóu
少年莫听白君头。

注释

❶ **白居易**（772—846），字乐天，号香山居士，唐代著名诗人，与元稹共同倡导新乐府运动，世称“元白”，与刘禹锡并称“刘白”。❷ **愁**：愁绪、发愁。❸ **老翁**：老人。❹ **畏**：怕，介意。

译文

虫声在冬天听起来比秋天更觉得凄惨。即使不知愁的人听到也会有愁绪。我已经是个老人家了，听了也不会介意。年轻的人不要听此虫声以免白了头。

赏析

诗人以虫声入诗，时值寒冬深夜，诗人独自漂流，触景生情，借以表达对故乡和故人的思念之情。

虫

古诗中多有以蟋蟀、蝉、螽斯、莎鸡等虫入诗的篇目，它们分别被寄寓不同的情感，有的用来劝诫人们不要浪费时光，有的用来反映人民穷苦的生活，有的用来表达游子的思乡之情，还有的用来寄托作者愁苦、抑郁的心境。

dōng yè dú shū shì zǐ yù

冬夜读书示子聿[1]

［宋］陆 游

gǔ rén xué wèn wú yí lì
古人学问无遗力[2]，
shào zhuàng gōng fū lǎo shǐ chéng
少壮工夫老始[3]成。
zhǐ shàng dé lái zhōng jué qiǎn
纸上得来终[4]觉浅，
jué zhī cǐ shì yào gōng xíng
绝知[5]此事要躬行[6]。

注释

❶ **示子聿**：示，训示、指示。子聿，陆游的小儿子。❷ **无遗力**：用出全部力量，竭尽全力。遗，保留，存留。❸ **始**：才。❹ **终**：到底，毕竟。❺ **绝知**：深入、透彻地理解。❻ **躬行**：亲身实践。

译文

古人做学问是不遗余力的，往往要到老年才取得成就。从书本上得来的知识，毕竟是浅薄的。如果想要深入理解其中的道理，必须要亲身实践才行。

赏析

在本诗中，陆游教育小儿子子聿，做学问要有孜孜不倦、持之以恒的精神。一个既有书本知识，又有实践精神的人，才是真正有学问的人。

读书

古人在诗中留下了不少关于读书的心得。除了陆游的这一首，还有朱熹的《观书有感》、颜真卿的《劝学》、孟郊的《劝学》等，不胜枚举。它们的主题各有侧重，或记述读书的方法、作用，或歌咏读书的情趣。

白雪歌送武判官❶归京（节选）

bái xuě gē sòng wǔ pànguān guī jīng

［唐］岑 参❷

běi fēng juǎn dì bái cǎo zhé
北风卷地白草❸折，

hú tiān bā yuè jí fēi xuě
胡天❹八月即飞雪。

hū rú yí yè chūn fēng lái
忽如一夜春风来，

qiān shù wàn shù lí huā kāi
千树万树梨花❺开。

注释

❶**武判官**：名不详。判官，官职名，唐代节度使等朝廷派出的持节大使，可委任幕僚协助判处公事，称判官，是节度使、观察使一类的僚属。❷**岑参**（约715—约770），唐代诗人，与高适并称“高岑”。❸**白草**：西域牧草名，秋天变白色。❹**胡天**：指塞北的天气。胡，古代汉民族对北方各民族的通称。❺**梨花**：春天开放，花作白色。这里比喻雪落在树枝上，像梨花开了一样。

译文

北风席卷大地把白草吹折，胡地天气八月就落雪纷飞。忽然间宛如一夜春风吹来，像千树万树的梨花盛开了一样。

赏析

此诗是岑参边塞诗的代表作，作于他第二次出塞时期。全诗以一天雪景的变化为线索，记叙送别归京使臣的过程，文思开阔，结构缜密。岑参在这首诗中，以诗人敏锐的观察力和浪漫奔放的笔调，描绘了祖国西北边塞的壮丽景色，表现了边防将士的爱国热情，以及他们对战友的真挚情感。

北风

古诗中的北风一般指冬风，常用来象征冬季的苦寒，大多寄寓诗人幽怨、凄苦的情感。这个意象在诗中常有这样一些特殊的使用情况，如渲染离家游子的怀乡之思，抒写与亲友的伤别之情，也可比喻一股极为强劲的势力。

zǎo dōng

早冬

［唐］白居易

shí yuè jiāng nán tiān qì hǎo，kě lián dōng jǐng sì chūn huá。

十月江南天气好，可怜冬景似春华。

shuāng qīng wèi shā qī qī cǎo，rì nuǎn chū gān mò mò shā。

霜轻未杀萋萋草，日暖初干漠漠沙。

lǎo zhè yè huáng rú nèn shù，hán yīng zhī bái shì kuáng huā。

老柘[1]叶黄如嫩树，寒樱枝白是狂花。

cǐ shí què xiàn xián rén zuì，wǔ mǎ wú yóu rù jiǔ jiā。

此时却羡闲人醉，五马[2]无由入酒家。

注释

❶**老柘**：树名，灌木或小乔木，直立或攀缘状，通常有刺。木材密致坚硬，可制弓。❷**五马**：五马并驰，表示繁华之象。

译文

江南的十月天气很好，冬天的景色像春天一样可爱。寒霜未冻死小草，太阳晒干了大地。老柘树虽然叶子黄了，但仍然像初生时一样嫩。寒樱不依时序，开出枝枝白花。这个时候的我只羡慕喝酒人的那份清闲，不知不觉走入酒家。

赏析

寒冬时节，本来让人感到一片萧条、肃杀的气氛，然而在诗人眼里，柘树的黄叶、樱枝的白花恰如春天的景象，反而使人产生一种悠闲自在，正好饮酒作乐的心情，立意有新，不同凡俗。

霜

诗人写霜和霜降，或借霜抒怀的诗词有不少，有的描述霜的成因及其表象特征，有的借霜的冷酷、寒凉来歌颂某种身处逆境仍毫不气馁的植物或人物，进一步弘扬了一种坚毅的精神。霜也被用来烘托环境的肃杀。

立冬——吃饺子

在民间，立冬有吃饺子的习俗。为什么呢？这就要说到“饺子”这个名字的由来了。饺子取自“交子”的谐音，“子”指的是午夜子时。立冬的这一天，意味着秋天的结束，冬天的开始，两日相交，故名“交子”。

此外，这个习俗的来历还与东汉末年的著名医学家张仲景有关，他被世人尊称为“医圣”，其撰写的《伤寒杂病论》被历代医者奉为经典。他曾任长沙太守，后辞官回乡，为乡邻治病。据说他返乡的时节正是冬季，他看到途中的乡民个个饥寒交迫，面黄肌瘦，不少人的耳朵都冻烂了。为了医治这些乡民，他让弟子在路边搭起医棚，支起大锅，在立冬这天煮制“祛寒娇耳汤”来医治乡民的冻疮。他把羊肉、辣椒和一些驱寒药材放在锅里熬煮，然后将羊肉、药物捞出来切碎，用面包成耳朵样的“娇耳”，煮熟后便分给来求药的人，每人两只“娇耳”和一大碗肉汤。乡民吃了“娇耳”，喝了“祛寒汤”，浑身暖和，两耳发热，冻伤的耳朵自然都治好了。后人学着“娇耳”的样子，做成食物，这就是饺子的前身了。

诗词大会

一、从下面的汉字魔方中找出三句古诗。

草	茫	得	枝	人	来	路
问	狂	有	力	是	白	风
大	风	来	觉	老	北	成
樱	折	白	加	前	纸	下
浅	方	花	学	好	民	道
看	飞	漂	留	卷	眼	上
知	寒	此	地	要	周	终

二、连一连，将下面的作者与诗句对号入座。

	虫声冬思苦于秋
	胡天八月即飞雪
白居易	随处一欣然
	绝知此事要躬行
陆游	我是老翁听不畏
	可怜冬景似春华
岑参	不解愁人闻亦愁
	古人学问无遗力
	室小才容膝

hán yè zuò

寒夜作

［元］揭傒斯❶

shū xīng dòng shuāng kōng

疏星❷冻霜空，

liú yuè shī lín bó

流月湿林薄。

xū guǎn rén bù mián

虚馆❸人不眠，

shí wén yí yè luò

时闻一叶落。

注释

❶ **揭傒斯**（1274—1344），字曼硕，号贞文，元代著名文学家、书法家、史学家。❷ **疏星**：稀疏的星星，形容天上的星星很少。❸ **虚馆**：寂静的馆舍。

译文

稀疏的星星散布在寒冷的空气里凝结不动，朦胧的月色下草木湿润。我旅居在客店中辗转难眠，正是万籁（lài）俱寂时，听得那一片枯叶落地的声音。

赏析

这首诗描写了人在他乡的无奈与悲凉，反映了诗人的思乡之情。联系到诗人由宋入元，有改朝换代后的不适；“虚馆人不眠”，体现了诗人对为官朝不保夕的担忧之感；“时闻一叶落”，也隐隐表现出这种感觉。

霜冻

因季节变化而产生的诗作中不乏佳作，而其中霜冻时节更能引发诗人的情思，他们借景抒情，以情显志。从某种意义上讲，面对寒冷的气候，就像面对惨淡的生活，更需要一种达观的态度。

dōng liǔ

冬柳

［唐］陆龟蒙[1]

liǔ tīng xié duì yě rén chuāng

柳汀[2]斜对野人[3]窗，

líng luò shuāi tiáo bàng xiǎo jiāng

零落衰条傍晓江。

zhèng shì shuāng fēng piāo duàn chù

正是霜风飘断处，

hán ōu jīng qǐ yì shuāng shuāng

寒鸥惊起一双双。

注释

❶ **陆龟蒙**（？—881），字鲁望，别号天随子、江湖散人、甫里先生，唐代农学家、文学家。❷ **柳汀**：柳树成行的水边平地。❸ **野人**：指诗人自己。

译文

水汀边一行行的柳树斜对着我的窗口，衰败的枝条，零零落落地堆积在江岸边。一阵寒风吹来，柳树的枯枝被吹断，栖息在江边的寒鸥被惊起，一对对地飞走了。

赏析

此诗的一、二两句写柳的地理位置和衰落形态，是静景。三、四两句转而写动景：霜风劲吹，枯枝断落，鸥鸟惊飞。诗人用精炼的笔墨，描绘出一幅鲜活的画面，有声有色，形象十分生动，让人感受到冬天早晨江边的寒冷、寂寥。

寒鸥

寒鸥本义是一种鸟类，许多文人在诗文中常以“寒鸥”“寒鸥约”表达退隐、归隐的意思。

chūdōng yè yǐn

初冬夜饮

［唐］杜　牧[1]

huái yáng duō bìng ǒu qiú huān

淮阳多病[2]偶求欢[3]，

kè xiù qīn shuāng yǔ zhú pán

客袖侵霜[4]与烛盘。

qì xià lí huā yì duī xuě

砌[5]下梨花一堆雪，

míng nián shuí cǐ píng lán gān

明年谁此[6]凭阑干[7]？

注释

❶**杜牧**（803—约852），字牧之，号樊川居士，唐代诗人，人称“小杜”，与李商隐并称“小李杜”。❷**淮阳多病**：用西汉名臣、曾任淮阳郡太守的汲黯自喻。❸**求欢**：指饮酒。❹**霜**：在这里含风霜、风尘之意。❺**砌**：台阶。❻**谁此**：谁人在此。❼**阑干**：即栏杆。

译文

我像淮阳太守汲黯一样经常卧病，偶尔喝杯酒解忧愁，客居异乡，衣袖上结满清霜，只有与灯烛做伴。台阶下的积雪像是堆簇着的洁白的梨花，明年又有谁在此倚栏杆？

赏析

此诗首句用典，点明独酌的原因，透露出情思的抑郁，有笼罩全篇的作用。次句写夜饮，在叙事中进一步烘托忧伤、凄婉的气氛。第三句一笔宕开，用写景衬托，不仅使全诗顿生波澜，也使第四句的感叹更加沉重有力。妙在最后又以问语出之，与前面三个陈述句相映照，更觉音情顿挫，唱叹有致，使结尾有如“撞钟”，清音不绝。

梨花

和桃花、菊花等花一样，梨花也是历代诗人喜欢歌咏的花种。在很多不同的作品里，它有着不同的名字，如玉雨花、瀛洲玉雨、晴雪、晴雨、淡客等。

zǐ yè wú gē · dōng gē

子夜吴歌·冬歌

［唐］李　白[1]

míng zhāo yì shǐ fā, yí yè xù zhēng páo.
明朝驿[2]使发，一夜絮征袍。

sù shǒu chōu zhēn lěng, nǎ kān bǎ jiǎn dāo.
素手抽针冷，那堪把剪刀。

cái féng jì yuǎn dào, jǐ rì dào lín táo.
裁缝寄远道，几日到临洮[3]。

注释

❶ **李白**（701—762），字太白，号青莲居士，唐代浪漫主义诗人，被后人誉为“诗仙”。❷ **驿**：驿馆。❸ **临洮**：在今甘肃省临潭县西南，此泛指边地。

译文

明晨驿使就要出发，思妇们连夜为远征的丈夫赶制棉衣。纤纤素手连抽针都冷得不行，更不用说拿冰冷的剪刀来裁衣服了。妾将裁制好的衣物寄向远方，几时才能到达边关临洮？

赏析

不写景而写人叙事，通过妻子“一夜絮征袍”的事来表现她思念在外远征的丈夫的感情。事件被安排在一个有意味的时刻——传送征衣的驿使即将出发的前夜，大大增强了此诗的情节性和戏剧色彩。

剪刀

我国剪刀的历史可追溯到西汉，早期的交股铁剪刀为短柄长刃，双刃并行，没有明显的刃部。制作非常简单，仅用长条形铁片弯曲而成。而到北宋时期，双股铁剪刀开始出现。这种形制的剪刀是在剪刀的两股中部用铆钉钉连，双环形把。在演变中其结构逐步趋于合理。

天净沙[1]·冬

tiān jìng shā dōng

[元]白　朴[2]

yì shēng huà jiǎo qiáo mén
一声画角[3]谯门[4]，

bàn tíng xīn yuè huáng hūn
半庭新月黄昏，

xuě lǐ shān qián shuǐ bīn
雪里山前水滨[5]。

zhú lí máo shè dàn yān shuāi cǎo gū cūn
竹篱茅舍，淡烟[6]衰草孤村。

注释

❶ **天净沙**：曲牌名，入越调。越调，宫调名。❷ **白朴**（1226—约1306），原名恒，字仁甫，后改名朴，字太素，号兰谷。他与关汉卿、马致远、郑光祖合称为“元曲四大家”。❸ **画角**：古代军中用以昏晓报警的号角。❹ **谯门**：建有望楼的城门，古代为防盗和御敌，京城和州郡皆在城门建有望楼。❺ **水滨**：靠近水的场所。❻ **淡烟**：轻淡的烟雾。

译文

在一个冬天的黄昏，落日刚逝，新月已升于半空。城门响起号角，带着雪的山前平地上水流缓缓。竹子做的篱笆和篱笆内的茅舍冒着淡烟，长着衰草，在孤村之中呈现出一片安详和谐的景象。

赏析

这首小令运用诗歌创作的传统手法，营造了诗的意境。白朴的这首小令，在情与景之间追求着“妙合无垠”的境界。此曲选择一个黄昏的城郊作为描绘冬景的具体环境，所表现的情感，不是一时一地特定具体内容的情感，它所传达的，是一种情调，一种情绪，一种内心状态。

黄昏

黄昏原本只是一种自然现象，但在文人的眼里，“黄昏”是一种迟暮的美丽，短暂得令人不由得叹息遗憾，从而告诫世人要珍惜时光，把握当下。

梨花与雪

在我国，梨花有两千余年的栽培历史，种类及品种均较多，自古以来深受人们的喜爱。梨花素朴淡雅的芳姿更是备受诗人的推崇。在诗人笔下，雪和梨花常常联系在一起，二者颜色都是白色，从远处看有相似之处。雪在寒冬季节飘落，梨花在春季绽放，以梨花喻雪，让人感觉到春的暖意与芬芳；以雪喻梨花，使梨花更高贵出尘，看来这二者是注定要一起在诗史上留名了。以下是一些关于梨花与雪的诗词，同学们在品读之余，也可以自己再搜集一些。

送　别

［唐］　李白

斗酒渭城边，垆头醉不眠。

梨花千树雪，杨叶万条烟。

惜别倾壶醑，临分赠马鞭。

看君颍上去，新月到应圆。

眼儿媚·杨柳丝丝弄轻柔

［宋］　王雱

杨柳丝丝弄轻柔，烟缕织成愁。

海棠未雨，梨花先雪，一半春休。

而今往事难重省，归梦绕秦楼。

相思只在，丁香枝上，豆蔻梢头。

左掖梨花

［唐］　丘为

冷艳全欺雪，余香乍入衣。

春风且莫定，吹向玉阶飞。

诗词大会

一、将下列内容补充完整。

1. ________________，寒鸥惊起一双双。

2. 疏星冻霜空，________________。

3. 砌下梨花一堆雪，________________。

4. ________________，那堪把剪刀。

5. 竹篱茅舍，________________。

6. 淮阳多病偶求欢，________________。

7. ________________，时闻一叶落。

8. 裁缝寄远道，________________。

二、古诗词中有很多含有“霜”字的诗句，试着写出几句。

1. ________________，________________。

2. ________________，________________。

3. ________________，________________。

4. ________________，________________。

5. ________________，________________。

cǎi wēi

采薇（节选）

《诗经》

xī wǒ wǎng yǐ， yáng liǔ yī yī。
昔[1]我往矣[2]，杨柳依依[3]。

jīn wǒ lái sī， yù xuě fēi fēi。
今我来思[4]，雨[5]雪霏霏[6]。

xíng dào chí chí， zài kě zài jī。
行道迟迟，载[7]渴载饥。

wǒ xīn shāng bēi， mò zhī wǒ āi！
我心伤悲，莫知我哀！

译文

❶**昔**：从前，指出征时。❷**矣**：语气助词。❸**依依**：形容柳丝轻柔、随风摇曳的样子。❹**思**：语气助词。❺**雨**：“下”的意思。❻**霏霏**：雪花飞舞的样子。❼**载**：又。

译文

回想当年出征的时候，路边的柳丝随风摇曳，春色大好。如今我还乡归来，却已是雪花纷飞的时节。道路泥泞，我走得很慢，又饥饿又口渴。我的心中充满了伤悲，却没有人能知道。

赏析

从写作上看，这首诗和《诗经》的许多作品一样采用了起兴的手法，加上章法、词法上重沓叠奏，使内容和情趣都得以层层铺出，渐渐深化，也增强了作品的音乐美和节奏感。

《诗经》

《诗经》是中国最早的一部诗歌总集，在三百多篇诗歌里，记录有丰富多彩的名词。其中就生物名词而言，就有草本植物、木本植物、鸟类、兽类、昆虫及鱼类多个种类。

xiǎo xuě
小 雪

［宋］陆 游

yán fēi shù piàn xuě
檐 飞 数 片 雪，

píng chā yì zhī méi
瓶 插 一 枝 梅。

tóng zǐ qiāo qìng qìng
童 子 敲 清 磬[1]，

xiān sheng rù dìng huí
先 生[2]入 定[3]回。

注释

❶ **磬**：佛寺中使用的一种钵状物，用铜铁铸成，既可作念经时的打击乐器，亦可敲响集合寺众。❷ **先生**：指诗人自己。❸ **入定**：指入睡。睡觉时人保持不动，所以又称“入定”。

译文

屋檐下飞起了雪花，花瓶里插着一枝梅花。小沙弥把清磬敲响，我刚入睡却被惊醒。

赏析

诗人写作此诗时，可能正借居于某一寺庙，忽逢天降飞雪，和屋内花瓶里的梅花相映成趣。自己正在睡梦中，不料为寺庙的清磬敲击声而惊醒，反映作者闲居的悠然心情。

小雪

小雪，是农历二十四节气中的第二十个节气。我国古代将小雪分为三候：『一候虹藏不见；二候天气上升地气下降；三候闭塞而成冬。』由于天空中的阳气上升，大地中的阴气下降，导致天地不通，阴阳不交，天地闭塞而转入严寒的冬天，所以万物失去生机。

jiāng xuě
江雪

［唐］柳宗元[1]

qiān shān niǎo fēi jué
千山鸟飞绝[2]，

wàn jìng rén zōng miè
万径[3]人踪灭[4]。

gū zhōu suō lì wēng
孤舟蓑笠翁[5]，

dú diào hán jiāng xuě
独钓[6]寒江雪。

注释

❶ **柳宗元**（773—819），字子厚，唐代文学家、哲学家、散文家和思想家，唐宋八大家之一，世称“柳河东”“河东先生”。❷ **鸟飞绝**：一只鸟也没有。绝，绝迹。❸ **径**：小路。❹ **人踪灭**：没有人的踪影。踪，脚印。灭，消失。❺ **蓑笠翁**：身披蓑衣，头戴斗笠的渔翁。蓑笠，用草编成的雨衣和帽子。❻ **独钓**：独自一个人钓鱼。

译文

所有的山上都不见鸟儿的踪影，所有的路上都没有行人的脚印。江上只有孤零零的一条小船，船上有一个穿着蓑衣戴着斗笠的老人，独自冒着飞雪，在寒冷的江上钓鱼。

赏析

这个被幻化了的、美化了的渔翁形象，实际正是柳宗元本人的写照。用具体而细致的手法来描写背景，用远距离的视角来描写主要形象，精雕细琢和极度的夸张概括，错综地统一在一首诗里，是这首山水小诗独有的艺术特色。

垂钓

在古代，垂钓是一件十分风雅的事情，很多高人隐士的日常生活就与垂钓密不可分。而在诗里，这种活动常表达一种悠远清闲的精神境界，或远离世俗，或不同流合污。

wèn liú shí jiǔ

问刘十九[1]

［唐］白居易

lù yǐ xīn pēi jiǔ
绿蚁[2]新醅[3]酒，

hóng ní xiǎo huǒ lú
红泥小火炉。

wǎn lái tiān yù xuě
晚来天欲雪[4]，

néng yǐn yì bēi wú
能饮一杯无？

注释

❶ **刘十九**：刘十九为刘禹锡堂兄刘禹铜，系洛阳一富商，与白居易常有应酬。❷ **绿蚁**：新酿的没有过滤的酒上面浮起微绿色的酒渣，细如蚁，称为“绿蚁”。❸ **醅**：酿造。❹ **雪**：下雪，这里作动词用。

译文

新酿的米酒，色绿香浓；小小的红泥炉，烧得殷红。天快黑了，大雪将要来临，你能否与我共饮一杯呢？

赏析

刘十九是诗人在江州时的朋友，诗人另有《刘十九同宿》诗，说他是嵩阳处士。此诗寥寥二十字，没有深远寄托，没有华丽辞藻，字里行间却充满着热烈欢快的气氛和温馨炽热的情谊，表现了在冬天里却温暖如春的诗情。

酒

我国是最早酿酒的国家。“酒”作为一个诗歌意象，常被诗人用来表达自己或欢悦，或得意，或失意愁苦的情绪。唐代诗人李白作了很多饮酒、醉酒的诗歌，如《将进酒》《月下独酌》《山中与幽人对酌》等。

cóng jūn xíng

从军行[1]

［唐］王昌龄[2]

qīng hǎi cháng yún àn xuě shān
青海[3]长云[4]暗雪山[5]，

gū chéng yáo wàng yù mén guān
孤城遥望玉门关。

huáng shā bǎi zhàn chuān jīn jiǎ
黄沙百战穿金甲[6]，

bú pò lóu lán zhōng bù huán
不破楼兰终不还。

注释

❶ **从军行**：古乐府曲名。原诗共七首，这是第四首。❷ **王昌龄**（约698—约757），字少伯，盛唐著名边塞诗人，后人誉为“七绝圣手”。❸ **青海**：指青海湖，在今青海省。❹ **长云**：连绵不断的浮云。❺ **雪山**：即祁连山，在甘肃省，终年积雪。❻ **穿金甲**：把铠甲磨破。穿，磨穿，磨破。金甲，金属制成的盔甲。

译文

青海湖上空连绵的阴云使祁连山阴沉暗淡，站在青海孤城上远远眺望着玉门关。在黄沙莽莽的疆场上，将士们身经百战，身上的铠甲都早已磨穿，但是不打败入侵边关的敌人，他们誓不返回家乡。

赏析

此诗将戍边将士对边防形势的关注，对自己所担负的任务的自豪感、责任感，以及戍边生活的孤寂、艰苦之感，都融合在悲壮、开阔而又迷蒙暗淡的景色里。

玉门关

玉门关自汉代开始设置，为重要的屯兵之地。因从西域输入玉石时取道于此而得名。汉时为通往西域各地的门户，故址在今甘肃省敦煌市西北小方盘城。

姜太公钓鱼，愿者上钩

姜尚，又称姜太公，字子牙，号东海上人。他是周朝推翻商朝的首席谋臣、最高军事统帅和西周的开国元勋，也是齐国的缔造者、齐文化的创始人。

姜尚听说西伯侯姬昌尊贤纳士、广施仁政，年逾七旬的他便千里迢迢投奔西岐。但是来到西岐后，他不是迫不及待地前去毛遂自荐，而是来到渭水北岸的磻溪住了下来。此后，他每日垂钓于渭水之上，等待圣明君主的到来。

姜尚的钓法奇特，短竿长线，线系竹钩，不用诱饵。钓竿也不垂到水里，离水面有三尺高，并且一边钓鱼一边自言自语："姜尚钓鱼，愿者上钩。"一个叫武吉的樵夫，看见姜子牙不挂鱼饵的直鱼钩，嘲讽道："像你这样钓鱼，别说三年，就是一百年，也钓不到一条鱼。"姜尚说："你只知其一，不知其二。曲中取鱼不是大丈夫所为，我宁愿在直中取，不向曲中求。我的鱼钩不是用来钓鱼的，而是要钓王与侯。"

后来，他果然"钓"到了周文王姬昌。姬昌兴周伐纣迫切需要人才，得知年已古稀的姜尚很有才干，他斋戒三日，沐浴整衣，抬着礼品，亲自前往磻溪，并封姜尚为相。姜尚辅佐文王，兴邦立国，帮助姬昌之子周武王姬发灭掉了商朝，自己也被武王封于齐地，建立齐国，实现了建功立业的愿望。

诗路小憩

诗词大会

一、从下面的九宫格中各识别出一句古诗词。

檐	瓶	片
万	飞	雪
数	插	径

鸟	一	飞
蓑	千	笠
梅	山	绝

孤	晚	踪
来	人	欲
天	舟	雪

孤	绿	蓑
笠	舟	枝
饮	蚁	翁

二、古诗接龙。（后一句中要包含前一句的最后一个字）

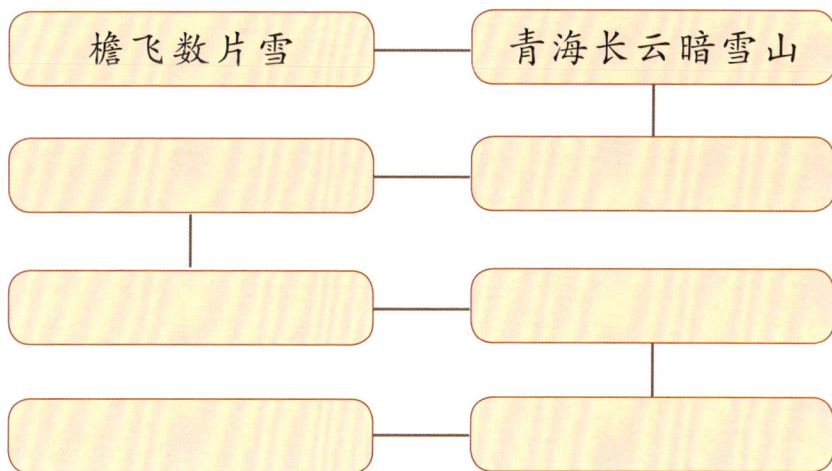

檐飞数片雪 —— 青海长云暗雪山

dōng jiāo xíngwàng
冬郊行望

[唐]王 勃[1]

guì mì yán huā bái
桂密岩花白，

lí shū lín yè hóng
梨疏林叶红。

jiāng gāo hán wàng jìn
江皋[2]寒望尽，

guī niàn duàn zhēng péng
归念断征篷[3]。

注释

❶ **王勃**（约650年—约676），字子安，唐代文学家，与杨炯、卢照邻、骆宾王并称为“王杨卢骆”“初唐四杰”。❷ **江皋**：江湾。❸ **征篷**：远行的船，比喻漂泊的旅人。

译文

长在山岩上的桂花很稠密，一片白色。梨子的果实已经稀疏了，而林间的树叶却变成了红色。在这凄凉的江湾，我四面八方地望了一遍，看不到路的尽头，此时，我想回到家乡的这种强烈的愿望，似乎要将我的船都压断。

赏析

诗人漂泊在外，时值冬天，寒冷的气候、白色的桂花、凄凉的江面，这些更加深了诗人的思乡之情。

征篷

篷指船上用来遮风避雨的船篷，代指船。征篷就是指远航在外的船，也比喻漂泊在外的游子。古人长途旅行一般多选择乘船，船行的速度很慢，所以每次出行都需要很长的时间。这时，在孤零零的船上，旅人们往往会生发出无限的思念家乡的愁绪。

zhì zǐ nòngbīng
稚子[1]弄冰

［宋］杨万里[2]

zhì zǐ jīn pén tuō xiǎo bīng
稚 子 金 盆 脱 晓 冰[3]，

cǎi sī chuān qǔ dàng yín zhēng
彩 丝 穿 取 当 银 铮[4]。

qiāo chéng yù qìng chuān lín xiǎng
敲 成 玉 磬[5]穿 林 响，

hū zuò bō li suì dì shēng
忽 作 玻 璃[6]碎 地 声。

注释

❶ **稚子**：幼小的孩子。❷ **杨万里**（1127—1206），字廷秀，号诚斋，南宋著名诗人，与陆游、尤袤、范成大并称为“中兴四大诗人”。❸ **金盆脱晓冰**：早晨从金属盆里把冰取出来。❹ **铮**：一种金属打击乐器。❺ **磬**：一种用玉或石制成的打击乐器。❻ **玻璃**：这里指一种天然玉石，也叫水玉，并不是现在的玻璃。

译文

清晨，满脸稚气的小孩，将夜间冻结在盘中的冰块取出，用彩丝从中间穿过，提在手中当成银铮敲打。敲打时，冰块发出穿林而过的玉磬的响声，忽然，冰块掉到地上，发出了玉石破碎的声音。

赏析

这是一首描写孩子玩冰的诗，全诗突出一个“稚”字。诗中的场景充满了童趣，诗人绘声绘色地表现了儿童以冰为铮、自得其乐的盎然意趣。从中也可以看出诗人对儿童的喜爱，所以才能把孩子玩冰的情景描绘得如此真切。

卧冰求鲤

这是一个古老的民间传说故事，最早出自干宝的《搜神记》，讲述了晋人王祥为了给继母治病，冬天里解开衣服，卧在冰上，以融开冰层捕鱼的事迹，被后世奉为经典孝道故事。王祥，字休征，琅玡临沂人，曾隐居二十余年，其孝名为历代所传唱。

luò qiáo wǎn wàng

洛桥晚望

［唐］孟　郊[1]

tiān jīn qiáo xià bīng chū jié

天津桥[2]下冰初结，

luò yáng mò shàng rén xíng jué

洛阳陌上人行绝。

yú liǔ xiāo shū lóu gé xián

榆柳萧疏[3]楼阁闲，

yuè míng zhí jiàn sōng shān xuě

月明直见嵩山[4]雪。

注释

❶ **孟郊**（751—814），字东野，唐代著名诗人。❷ **天津桥**：即洛桥，在今河南省洛阳市西郊洛水之上。❸ **萧疏**：形容树木叶落。❹ **嵩山**：位于河南省西部，地处河南省登封市西北面，是五岳中的中岳。

译文

洛桥下的冰刚结不久，洛阳的大道上便几乎没了行人。叶落枝秃的榆柳掩映着静谧的楼台亭阁，万籁俱寂，悄无人声。在明亮的月光下，一眼便看到了嵩山上那皑皑白雪。

赏析

此诗写出了“明月照积雪”的壮丽景象。天空与山峦，月华与雪光，交相辉映，举首灿然夺目，远视浮光闪烁，上下通明，一片银白，真是美极了。诗人从萧疏的洛城冬景中，开拓出一个美妙迷人的新境界：明月、白雪都是冰清玉洁之物，展现出一个清新淡远的境界，寄寓着诗人高远的襟怀。

历史上经常把一些有相似之处的名胜古迹或人文景观组合在一起，取个好听的名字，如“四大名楼”“四大美女”。山川也有“五岳名山”的说法，就是东岳泰山、西岳华山、南岳衡山、北岳恒山、中岳嵩山，五大名山或险或奇，或雄或秀，各有特色。

五岳

yè yàn nán líng liú bié
夜宴南陵留别

[唐]李嘉祐[1]

xuě mǎn qián tíng yuè sè xián
雪满前庭月色闲，
zhǔ rén liú kè wèi néng huán
主人留客未能还。
yù chóu míng rì xiāng sī chù
预愁明日相思处，
pǐ mǎ qiān shān yǔ wàn shān
匹马[2]千山与万山。

注释

❶ **李嘉祐**，字从一，唐代诗人。❷ **匹马**：一匹马，代指一个人。

译文

雪花洒满前庭，月色悠闲，主人挽留，客人只好暂时不走。想到明天还是要离开，继续孤独的旅程，不禁有些忧愁。

赏析

雪满前庭，正当冬令。回乡意切，归心似箭。本应趁着这皎皎的月光，日夜兼程地赶路。然而，“主人留客未能还”，盛情难却，只好暂留一宿，参加主人的盛宴，也领受主人的盛情。这首诗虽短短四句，但写得情真意切，哀婉动人。特别是把别宴的欢乐与意想中别后的凄苦对照，更给读者留下很深的印象。

相思豆

鸟有相思鸟，树有相思树，豆也有相思豆。相传古代有位少妇，因思念出征战死于边塞的夫君，朝夕倚于门前的树下恸哭，泪水流干了，眼里流出了血，血泪染红了树根，于是就结出了具有相思意义的红色小豆子。这就是有关相思豆来源的传说。

sòng lǐ duān

送李端[1]

［唐］卢　纶[2]

gù guān shuāi cǎo biàn, lí bié zì kān bēi.

故关[3]衰草[4]遍，离别自堪悲。

lù chū hán yún wài, rén guī mù xuě shí.

路出寒云外，人归暮雪时。

shào gū wéi kè zǎo, duō nàn shí jūn chí.

少孤[5]为客早，多难识君迟。

yǎn lèi kōng xiāng xiàng, fēng chén hé chù qī.

掩泪空相向，风尘[6]何处期。

注释

❶ **李端**：作者友人，与作者同属“大历十才子”。❷ **卢纶**（约737—约799），字允言，唐代诗人，“大历十才子”之一。❸ **故关**：故乡。❹ **衰草**：冬草枯黄，故曰衰草。❺ **少孤**：少年丧父、丧母或父母双亡。❻ **风尘**：指社会动乱。此句意为在动乱年代，不知后会何期。

译文

故乡遍地都是衰败的枯草，好友相别实在是令人伤悲。你去的道路伸向云天之外，归来时只见暮雪在纷飞。从小丧父早年就客游外乡，多经磨难我与你相识太迟。回望你去的方向掩面而泣，在这战乱年代不知何时能够再见。

赏析

这是一首感人至深的律诗，以一个“悲”字贯串全篇。首联写送别的环境气氛。颔联写送别的情景。颈联回忆往事，感叹身世。尾联收束全诗，归结到“悲”字。“风尘何处期”，将笔锋转向未来，写出了感情上的余波。这样作结，是很直率而又很令人回味的。

大历十才子

在中国文学史上，因为创作风格相近而成为一个特殊群体的有很多，这些人佳作迭出，风行当时，影响后世。像以王维为宗，秉承山水田园诗派的风格的卢纶、吉中孚、韩翃、钱起、司空曙、苗发、崔峒、耿湋、夏侯审、李端等十人被称为“大历十才子”，他们都是唐代宗大历年间的人。

《滕王阁序》的故事

《滕王阁序》是千古名篇，也是初唐诗人王勃的代表作。关于这篇文章有这样一个故事：

有一年重阳节，王勃去看望父亲。所乘的船抵达南昌时，他听说在滕王阁有个盛大的宴会，就不顾旅途劳累赶去参加。在南昌城滰江门外，有一座富丽雄伟的高阁，为唐高祖的儿子元婴作洪州刺史时所建，后来元婴被封为滕王，此阁也就被称为滕王阁了。后来，阎伯屿做了洪州刺史，下令重修滕王阁。滕王阁竣工之后，阎伯屿非常高兴，恰好九月九日重阳临近，于是阎伯屿就筹划在重阳节这天，邀请本州官吏和有名的文人学士在滕王阁庆祝一番。相传阎伯屿有个女婿，名叫吴子章，诗赋文章写得不错，阎伯屿这次在滕王阁举行盛会，就让吴子章事先准备好一篇文章，以便在庆祝宴会上拿出来炫耀一番。

酒过三巡，阎伯屿举杯向满座宾客倡议：希望有人能即兴写一篇文章，记下宴会的盛况。阎伯屿命令侍从端出早已备好的文房四宝，遍让宾客。客人们都已明白他的用意，所以均一一婉言辞谢。

因为王勃是临时赶来参加宴会的，年纪又轻，所以他坐在靠后的位置。当捧着文房四宝的侍者来到他的面前时，他并不辞让，大大方方地接过来放在桌上，从容地铺好纸张，摆好笔砚，略加思索之后，提笔就写了起来。

他从南昌的地理位置、山川形势和历史人物，写到今天宴会的盛况；从滕王阁的远近景物，写到自己的处境和愿为国家做一番事业的政治抱负；最后又用一首七言古诗作结。全文一气呵成，文情并茂，在座的人无不赞叹，连自负才高的吴子章也只能自叹弗如了。

诗路小憩

诗词大会

一、写出首字含有相应偏旁的诗句。

宀

木

艹

二、选择正确的选项。

1. “桂密岩花白”的下一句是（　　　）。

A. 人归暮雪时　B. 归念断征篷　C. 梨疏林叶红

2. 五岳中的中岳是（　　　）。

A. 华山　B. 衡山　C. 嵩山

3. 不属于“大历十大才子”的是（　　　）。

A. 杨万里　B. 李端　C. 卢纶

féng xuě sù fú róngshān zhǔ rén
逢雪宿芙蓉山主人[1]

［唐］刘长卿[2]

rì mù cāng shān yuǎn
日暮苍山[3]远，

tiān hán bái wū pín
天寒白屋[4]贫。

chái mén wén quǎn fèi
柴门[5]闻犬吠[6]，

fēng xuě yè guī rén
风雪夜归人。

注释

❶ **逢雪宿芙蓉山主人**：遇到下雪，投宿在芙蓉山的一户人家里。逢，遇到。宿，投宿。❷ **刘长卿**（709—789），字文房，唐代诗人。❸ **苍山**：青黑色的山。❹ **白屋**：茅草屋，屋顶用白色茅草覆盖，或木屋不加油漆叫白屋。都指贫穷人家的房屋。❺ **柴门**：用树枝或柴草编制成的门。❻ **闻犬吠**：听到狗叫声。吠，狗叫。

译文

夜幕降临，苍茫的山峦在茫茫的夜色中显得更加深远；天气寒冷，使这所简陋的茅屋显得更加清贫。柴门外忽然传来了狗叫声，是芙蓉山主人披风戴雪回来了吧。

赏析

这首诗用极其凝练的诗笔，描绘出一幅以旅客暮夜投宿、主人风雪夜归为素材的寒山夜宿图。诗是按投宿的顺序来写的，表达了诗人对劳动人民清贫生活的同情。

灞柳风雪

西安市境内东有灞水，秦汉时曾在灞河上架有木桥，名叫“灞桥”。灞水两岸多植柳树，每年的春天，灞桥两岸绿柳成荫，柳絮漫天，飘飘扬扬，恰似春日里的一场雪，景致极美。这就是陕西省著名的 “关中八景”之一“灞柳风雪”。

sài xià qǔ

塞下曲[1]

［唐］卢　纶

yuè　hēi　yàn　fēi　gāo

月　黑[2]雁　飞　高，

chán　yú　yè　dùn　táo

单　于[3]夜　遁　逃[4]。

yù　jiāng　qīng　qí　zhú

欲　将　轻　骑　逐[5]，

dà　xuě　mǎn　gōng　dāo

大　雪　满　弓　刀。

注释

❶**塞下曲**：唐乐府题目，多描写军旅生活。❷**月黑**：没有月光。❸**单于**：本是匈奴最高统治者的称号，这里指敌军首领。❹**遁逃**：悄悄地逃跑。❺**欲将轻骑逐**：想要率领轻骑兵去追赶。欲，想要。将，率领。

译文

没有月光的晚上，一片漆黑，大雁突然惊起高飞，原来是敌军首领趁着夜色悄悄潜逃。将军正要率领轻装骑兵前去追赶，纷飞的雪花顿时落满了将士们的弓箭和宝刀。

赏析

《塞下曲》为汉乐府旧题，属《横吹曲辞》，内容多为边塞征战。原共六首，这是卢纶组诗《塞下曲》中的第三首。这首诗写将军雪夜准备率兵追敌的壮举，气势豪迈。诗句虽然没有直接写激烈的战斗场面，但留给了读者广阔的想象空间。

头曼单于

头曼是匈奴第一代单于，挛鞮氏，冒顿单于的父亲。其辖地东接东胡，南接秦，西与月支为邻。秦二世元年（前209）被儿子冒顿所杀，冒顿自立为单于。

dà xuě

大雪

［宋］陆　游

dà xuě jiāng nán jiàn wèi céng， jīn nián fāng shǐ shì yán níng

大雪江南见未曾，今年方始是严凝[1]。

qiǎo chuān lián xià rú xiāng mì， zhòng yā lín shāo yù bú shèng

巧穿帘罅如相觅，重压林梢欲不胜。

zhān wò zhì lú wàng yè shuì， jīn jī lì mǎ qiè chén xīng

毡幄掷卢[2]忘夜睡，金羁立马怯晨兴。

cǐ shēng zì xiào gōng míng wǎn， kōng xiǎng huáng hé chè dǐ bīng

此生自笑功名晚，空想黄河彻底冰。

注释

❶ **严凝**：严寒冰冻，指天气恶劣。❷ **掷卢**：掷骰子，指赌博。

译文

未曾见过江南的大雪纷飞，今年才遇到了严寒冰冻。雪花轻巧地穿过垂帘缝边如相互追逐，树林梢顶仿佛已不敌重重的雪压。帐房里连夜赌博无心睡眠，雪地中早晨奔马放荡不羁。自嘲这一生功名迟迟未获取，却空怀有冰封黄河的雄才大志。

赏析

在大雪纷飞、天寒地冻的天气里，诗人想到的依然是为国效力，而现实却是报国无门，令人沮丧。

大雪

“大雪”是农历二十四节气中的第二十一个节气，更是冬季的第三个节气，标志着仲冬时节的正式开始。大雪的意思是天气更冷，降雪的可能性比小雪时更大了，而并不指降雪量一定很大。

bié dǒng dà

别董大①

［唐］高　适②

qiān lǐ huáng yún bái rì xūn
千里黄云③白日曛④，

běi fēng chuī yàn xuě fēn fēn
北风吹雁雪纷纷。

mò chóu qián lù wú zhī jǐ
莫愁前路无知己，

tiān xià shuí rén bù shí jūn
天下谁人不识君⑤？

注释

❶ **董大**：唐玄宗时著名琴师董庭兰。在兄弟中排行第一，故称“董大”。❷ **高适**（704—765），字达夫，一字仲武，唐朝著名边塞诗人，与岑参并称“高岑”，与岑参、王昌龄、王之涣合称“边塞四诗人”。❸ **黄云**：塞外风沙大，云朵有时呈黄色，是下雪的先兆。❹ **曛**：日光昏暗。❺ **君**：古时对人的尊称。这里指董大。

译文

千里黄云弥漫，日光昏暗；北风阵阵，白雪纷纷，大雁往南飞去。不要担心前方没有知心的朋友，天下有谁不知道您的大名呢？

赏析

诗人在即将分手之际，全然不写千丝万缕的离愁别绪，而是满怀激情地鼓励友人踏上征途，迎接未来。诗人于慰藉中寄希望，因而给人一种满怀信心和力量的感觉。

知己

“知己”，就是指了解、理解、欣赏自己的人。在所有的朋友中，知己是最珍贵的一种，是友情的最高境界，“人生难得一知己”，知己是可遇而不可求的。

cháng xiàng sī

长相思

［清］纳兰性德[1]

shān yì chéng，shuǐ yì chéng，shēn xiàng yú guān
山一程，水一程，身向榆关[2]

nà pàn xíng，yè shēn qiān zhàng dēng
那畔[2]行，夜深千帐灯。

fēng yì gēng，xuě yì gēng，guō suì xiāng xīn
风一更，雪一更，聒[4]碎乡心

mèng bù chéng，gù yuán wú cǐ shēng
梦不成，故园[5]无此声。

注释

❶ **纳兰性德**（1655—1685），叶赫那拉氏，字容若，号楞伽山人，清代词人。❷ **榆关**：山海关。❸ **那畔**：那边，指关外。❹ **聒**：声音嘈杂，这里指风雪声。❺ **故园**：故乡，家园。

译文

翻过一座座山，越过一道道水，将士们马不停蹄地向山海关进发。天黑了，千万个营帐中都点起了灯。

营帐外风声不断，雪下个不停，搅得思乡人无法入眠。我的故乡没有这般寒风呼啸的聒噪之声。

赏析

这首词以白描手法，用朴素自然的语言，表现出真切的情感，为后人所称道。词人在写景中寄寓了思乡的情感，格调清淡朴素，自然雅致，直抒胸臆，毫无雕琢痕迹。

长相思

“长相思”是唐教坊曲名，调名出自《古诗十九首》，又名“吴山青”“山渐青”“相思令”“长思仙”“越山青”等。此调由三字、七字、五字句式组成，每句用韵，且前后段各有一叠韵，音节响亮，表现的感情由热烈而渐趋和婉。

清初才子——纳兰性德

顺治十二年（1655），纳兰性德降生在满洲正黄旗的一个世代簪缨、钟鸣鼎食的贵族家庭。据说纳兰性德长相英俊，聪颖睿智，小时候读书就有过目不忘的本领，并且很早便显露出过人的才华。在他十八岁的时候，参加顺天府乡试，考中举人，第二年参加会试中第，成为贡士。康熙十二年（1673）因病遗憾错过殿试。康熙十五年（1676），当时他二十二岁，补殿试，考中第二甲第七名，赐进士出身，被授予三等侍卫的职位，不久之后又升为一等，深受康熙帝的赏识。接下来他无疑会加官晋爵，走在令人羡慕的高升大道上。

纳兰性德也的确没有辜负命运之神的眷顾与偏爱。他习武操练，善于骑射，箭术可谓百发百中；他勤勉好学，博览古今；他也精通经书史画，诗词散文无所不能，他的书法作品现在也被奉为珍宝，而他的词更是婉约词的代表。

词在宋代盛行之后便渐渐衰弱，元曲逐渐流行。在沉寂两个朝代之后，词终于复苏了，正是纳兰性德给了词新的生机。然而他的一生却像词的命运一样，甚至比词更加不幸，词是逐渐衰弱，而他则是戛然而止。

正当而立之年，风华正茂的纳兰性德突发疾病而亡，年仅三十一岁，便走完了他的人生之路。

诗路小憩

诗词大会

一、请在下面的空缺处填上表示颜色的词。

1. 日暮苍山远，天寒 □ 屋贫。

2. 月 □ 雁飞高，单于夜遁逃。

3. 毡幄掷卢忘夜睡，□ 羁立马怯晨兴。

4. 千里 □ 云白日曛，北风吹雁雪纷纷。

5. 此生自笑功名晚，空想 □ 河彻底冰。

二、古诗词中包含“雪”字的诗句和词句很多，请根据下面的表格，写出“雪”字在不同位置的诗句。（也可填五言诗句或词句）

雪						
	雪					
		雪				
			雪			
				雪		
					雪	
						雪

终南望余雪

zhōngnán wàng yú xuě

［唐］祖 咏[1]

zhōng nán yīn lǐng xiù
终南阴岭[2]秀，

jī xuě fú yún duān
积雪浮云端。

lín biǎo míng jì sè
林表[3]明霁色[4]，

chéng zhōng zēng mù hán
城中增暮寒。

注释

❶ **祖咏**，唐代诗人，少有文名，擅长诗歌创作。❷ **阴岭**：山岭的北面，背对阳光的一面。❸ **林表**：林木的树梢。❹ **霁色**：像雨后晴空那样的颜色。

译文

终南山的北面，山色多么秀美；峰顶上的积雪，似乎浮在云端。雨雪后的晴天，树林表面一片明亮；暮色渐生，只觉得城中更加寒冷。

赏析

王士祯在《渔洋诗话》上卷里，把这首诗和陶潜的“倾耳无希声，在目皓已洁”、王维的“洒空深巷静，积素广庭宽”等诗并列，称为咏雪的“最佳”之作。诗中的霁色、阴岭等词烘托出了诗题中“余”字的精神。

阴阳

阴阳的说法很多时候被理解为复杂的哲学问题，在文学作品里，经常会见到含有『阴』或『阳』的词，如阴岭、竹阴、洛阳、衡阳，这里的『阴』『阳』分别是山的北面或南面、水的南面或北面的意思，或者分别是说阳光照不到的地方、阳光很明亮的意思。

yè xuě
夜雪

［唐］白居易

yǐ yà qīn zhěn lěng
已讶[1]衾枕[2]冷，

fù jiàn chuāng hù míng
复见窗户明。

yè shēn zhī xuě zhòng
夜深知雪重，

shí wén zhé zhú shēng
时闻折竹声[3]。

注释

❶**讶**：惊讶。❷**衾枕**：被子和枕头。❸**折竹声**：指大雪压折竹子的声音。

译文

晚上睡觉时觉得枕被如冰，不由让我很惊讶，又看见窗户被白雪反射出的光照亮。夜深的时候就知道雪下得很大，因为不时地能听到雪把竹子压折的声音。

赏析

这首诗新颖别致，首要在于立意不俗。诗中既没有色彩的刻画，也不作姿态的描摹，初看简直毫不起眼，但细细品味，便会发现它凝重古朴、清新淡雅。这首诗朴实自然，诗境平易，充分体现了诗人通俗易懂、明白晓畅的语言特色。

衾

在古诗文中经常会出现“衾”这个字眼，“衾”就是“被子”的意思。通常有“寒衾”“重衾”“翠衾”等词组。“衾”对古人来说是一种非常重要的生活用品，因为古代没有空调，房屋也不保暖，每到冬天，晚上睡觉时如果没有一床好的被子，那就是非常痛苦的事情。因此，古人往往用“衾”的好坏来指代生活条件的好坏。

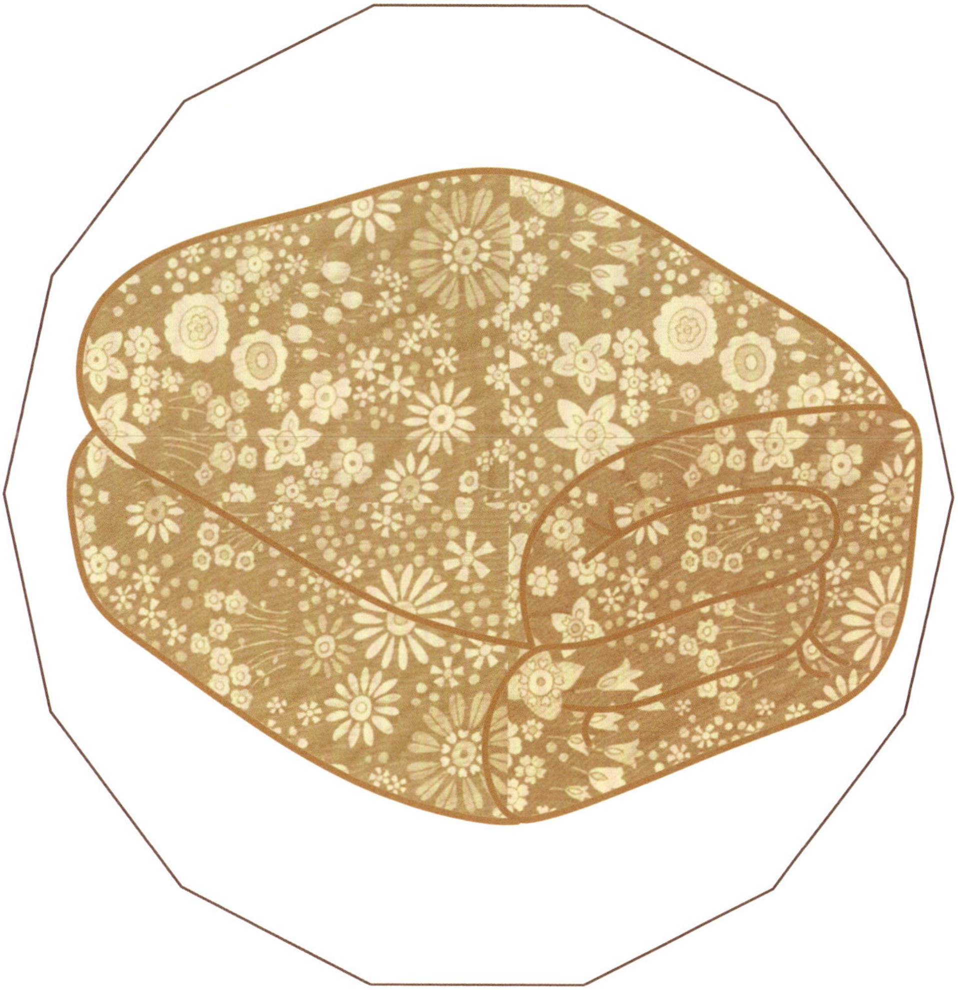

gǔ cóng jūn xíng
古从军行（节选）

［唐］李　颀[1]

yě yún wàn lǐ wú chéng guō
野云万里无城郭[2]，

yǔ xuě fēn fēn lián dà mò
雨雪纷纷连大漠[3]。

hú yàn āi míng yè yè fēi
胡雁哀鸣夜夜飞，

hú ér yǎn lèi shuāng shuāng luò
胡儿[4]眼泪双双落。

注释

① **李颀**（约 690—约 751），唐代诗人，其诗以写边塞题材为主，风格豪放，慷慨悲凉，七言歌行尤具特色。② **无城郭**：看不见城郭。③ **大漠**：广阔的北方荒漠。④ **胡儿**：外族士兵。

译文

野云笼罩着万里广漠，荒凉得看不见城郭，大雪纷纷，笼罩着辽阔无边的荒漠。胡地的大雁哀鸣着，夜夜惊飞不停，胡人的士兵痛哭着，个个泪流滂沱。

赏析

此诗巧妙地运用音节来表情达意，全篇一句紧一句，句句蓄意，步步逼紧，直到最后一句，才画龙点睛，着落主题，显出此诗巨大的讽谕力。

大漠

祖国山河辽阔壮美，有高山深泉，有草原大漠，不同的景观都会引起诗人们的诗情。大漠因其苍茫荒凉经常被赋予特殊的诗意。

xuě wàng

雪望

［清］洪　昇[1]

hán sè gū cūn mù，bēi fēng sì yě wén。

寒色孤村幕，悲风四野闻。

xī shēn nán shòu xuě，shān dòng bù liú yún。

溪深难受雪，山冻不流云。

ōu lù fēi nán biàn，shā tīng wàng mò fēn。

鸥鹭[2]飞难辨，沙汀[3]望莫分。

yě qiáo méi jǐ shù，bìng shì bái fēn fēn。

野桥梅几树，并是白纷纷。

注释

❶ **洪昇**（1645—1704），字昉思，号稗畦，又号稗村、南屏樵者，清代戏曲作家、诗人。❷ **鸥鹭**：鸥鸟和鹭鸟。❸ **沙汀**：水边或水中的平沙地。

译文

夜色笼罩山村，寒风呼啸四处可闻。雪落溪水很快化掉，天气太冷使山冻住了，连云都不流动了。鸥鸟和鹭鸟齐飞无法分辨，沙洲与汀一眼望去也分不清。野外桥边的几树梅花开了，白色的花儿跟白雪一样纷纷扬扬。

赏析

这首冬雪诗，前四句首先交代时间：冬日的黄昏，地点：孤村；接着，从听觉方面写处处风声急；继而，采用虚实结合的手法，突出了“溪深”“山冻”，紧扣一个“雪”字。后四句具体描绘雪景，以沙鸥和鹭鸟难以辨认，沙洲与汀无法区分来映衬大雪覆盖大地的景象，紧扣“望”字。此诗形象生动，清新别致，可谓咏雪诗中描写雪景的代表作。

村庄

古代人口少，经济不发达，出门在外的人不时会借宿在村庄人家。村庄也是诗人们时常去的地方，不少脍炙人口的诗篇就诞生在各色的村庄之中。

清平乐[1]·年年雪里

［宋］李清照[2]

niánnián xuě lǐ，cháng chā méi huā zuì。
年年雪里，常插梅花醉。

ruó jìn méi huā wú hǎo yì，yíng dé mǎn yī qīng lèi。
挼[3]尽梅花无好意，赢得满衣清泪。

jīn nián hǎi jiǎo tiān yá，xiāo xiāo liǎng bìn shēng huá。
今年海角天涯[4]，萧萧两鬓生华[5]。

kàn qǔ wǎn lái fēng shì，gù yīng nán kàn méi huā。
看取晚来风势[6]，故应[7]难看梅花。

注释

❶ **清平乐**：唐代教坊曲名，后用为词牌。又名《清平乐令》《忆萝花》《醉东风》等。❷ **李清照**（1084—1155），号易安居士，宋代女词人，婉约词派代表，有“千古第一才女”之称。❸ **挼**：揉搓。❹ **海角天涯**：犹作天涯海角。本指僻远之地，这里当指临安。❺ **萧萧两鬓生华**：形容鬓发花白稀疏的样子。❻ **看取晚来风势**：观察自然界的“风势”。看取，观察的意思。❼ **故应**：还应。

译文

小时候每年下雪，我常常会沉醉在插梅花的兴致中。后来虽然梅枝在手，却无好心情去赏玩，只是漫不经心地揉搓着，却使得泪水沾满了衣裳。

今年梅花又开放的时候，我却一个人住在很偏远的地方，而我耳际短而稀的头发也已斑白。观察那晚来的风势，大概也难见梅花的绚烂了。

赏析

这首词处处跳动着词人生活的脉搏。她早年的欢乐，中年的幽怨，晚年的沦落，在词中都隐约可见。饱经沧桑之后，内中许多难言之苦，通过抒写赏梅的不同感受倾诉了出来。词意含蓄蕴藉，感情悲切哀婉。

天涯海角

在古人的文学作品里，把“天涯海角”赋予特别的意义，象征感情的真挚坚贞。在现实中，还真有这么一个地方，让人们神往，那就是位于海南三亚的天涯海角景区，海湾沙滩上大小百块石头耸立，上有众多石刻，其中就有“天涯”石和“海角”石。

梅　花

作为中国的传统名花之首，梅花，一身正气凛然、清幽脱俗之美，自古以来就是人们的挚爱，被誉为花中之魁、“岁寒三友”之一。

不管是梅姿、梅色，还是梅香、梅魂，都体现了梅花的独有风韵和精神风貌。

梅姿——“玉立寒烟寂寞滨，仙姿潇洒净无尘”

梅花古干虬枝、仙姿凛然，自古以来即为诗人画家青睐的对象。在国画中与“兰、竹、菊”成为“国画四君子”。因品种不同，梅花姿态或向上，或横斜，或下垂，或龙游，不管何种姿态，梅枝总是遒劲有力、疏密有致，仿佛在传达着一种鼓舞人心的力量。

梅色——“看来岂是寻常色，浓淡由他冰雪中”

梅花颜色繁多，有深红、紫红、粉红、浅粉、白色、浅黄、浅绿等，红梅之沉静浓郁，绿梅之清雅脱俗，粉梅之娇柔烂漫，白梅之清馨高洁……浓淡之间，各有风韵，却无不体现了梅花的“清气”，一种苦寒中自然散发的坚毅。

梅香——“疏影横斜水清浅，暗香浮动月黄昏”

梅花的香是一种冷凝而幽静的暗香，是一种经历严寒冰霜后所散发的冷香，不媚俗、不轻佻，谦虚、低调，故梅之香有“一任群芳妒”之赞誉。

梅魂——“香骨瘦来冰蕋细，梦魂清处月波凉”

梅之魂是梅之姿、色、香的凝练和沉淀，是梅花风骨的集中体现。梅花性耐寒，姿态遒劲，花香冷然，花姿丰盈灵动，端庄又不乏灵秀，月光清辉之下宛若一缕梅魂悄然浮动。

诗词大会

一、写出包含下列字的反义词的诗句。

1. 阳 ________，________。

2. 暗 ________，________。

3. 减 ________，________。

4. 小 ________，________。

5. 易 ________，________。

二、从下面的九宫格中各识别出一句古诗词。

积	四	云
悲	端	浮
雪	野	意

孤	梅	色
年	花	村
幕	寒	好

复	里	满
雪	见	窗
户	明	衣

明	插	霁
常	梅	色
折	花	醉

寒夜

hán yè

[宋]杜耒[1]

hán yè kè lái chá dāng jiǔ
寒夜客来茶当酒，

zhú lú tāng fèi huǒ chū hóng
竹炉[2]汤沸[3]火初红。

xún cháng yí yàng chuāng qián yuè
寻常一样窗前月，

cái yǒu méi huā biàn bù tóng
才有梅花便不同。

注释

❶ **杜耒**（？—1225），字子野，号小山，南宋诗人。❷ **竹炉**：指用竹篾做成的套子套着的火炉。❸ **汤沸**：热水沸腾。

译文

冬天的夜晚，来了客人，煮茶当酒，火炉中的火苗开始红了起来，水在壶里沸腾着，屋子里暖烘烘的。月光照射在窗前，与平时并没有什么两样，只是窗前有几枝梅花在月光下幽幽地开着，芳香袭人，这使得今天的夜晚与往日格外地不同了。

赏析

诗人写梅，固然有赞叹梅花高洁的意思，但更多的是在暗赞来客。寻常一样的窗前月，因来了志同道合的朋友，在月光下喝茶清谈，这气氛可就与平常大不一样了。诗看似随笔挥洒，但很形象地反映了诗人喜悦的心情，耐人寻味。

月

月是个象形字，最早见于商代甲骨文。古人根据月亮的盈亏规律创造了“月”这个计时单位，沿用至今。

xué liú gōnggàn tǐ wǔ shǒu qí sān

学刘公干[1]体五首·其三

［南北朝］鲍　照[2]

hú fēng chuī shuò xuě, qiān lǐ dù lóng shān.

胡风吹朔雪，千里度龙山[3]。

jí jūn yáo tái shàng, fēi wǔ liǎng yíng qián.

集君[4]瑶台[5]上，飞舞两楹前。

zī chén zì wéi měi, dāng bì yàn yáng tiān.

兹[6]晨[7]自为美，当避艳阳天。

yàn yáng táo lǐ jié, jiǎo jié bù chéng yán.

艳阳桃李节，皎洁不成妍。

注释

❶ **刘公干**：刘桢，字公干，东汉末年的名士，建安七子之一。❷ **鲍照**（约 415—466），字明远，南朝宋文学家，与颜延之、谢灵运合称“元嘉三大家”。有《鲍参军集》。❸ **龙山**：即逴龙山，因地处极北，天气严寒。❹ **君**：国君。❺ **瑶台**：美玉砌成的楼台。指巍峨而洁白的宫殿，亦泛指雕饰华丽的楼台。❻ **兹**：这个。❼ **晨**：清晨。

译文

胡地寒风裹挟着北方的雪吹越龙山，落到帝都。皑皑的白雪静静地落在高台之上，风吹过后，雪花在殿前空中飘动飞舞。然而洁白的雪啊，在春天的阳光下也无处躲避。春天本是桃李争妍斗艳之时，哪有冰清玉洁的白雪的容身之处呢？

赏析

该诗以北国皎洁的冬雪自喻。全诗共八句，四句为一节，而一节中的每两句各表达一个完整的意思。从结构看，简括而严谨，没有枝蔓，没有铺排，十分凝练。诗意也极浅显，一望可知，毫无隐曲。然而层次井然，转折分明。又见其高明。

桃李

“桃李”二字很早就出现在古代典籍里，除了指真正的桃和李之外，常见的比喻意是说老师教导学生，培养很多人才。“桃李满天下”就是指老师培养的学生很多，全天下到处都是。

dōng xī jì qīnglóng sì yuán gōng

冬夕寄青龙寺源公

［唐］郎士元[1]

liǎn jù rù hán zhú，ān chán guò lòu shēng

敛屦[2]入寒竹，安禅[3]过漏声[4]。

gāo sōng cán zǐ luò，shēn jǐng dòng hén shēng

高松残子落，深井冻痕生。

bà qìng fēng zhī dòng，xuán dēng xuě wū míng

罢磬风枝动，悬灯雪屋明。

hé dāng zhāo wǒ sù，chéng yuè shàng fāng xíng

何当招我宿，乘月[5]上方[6]行。

注释

❶ **郎士元**，字君胄，唐代诗人，与钱起齐名，世称“钱郎”。❷ **敛屦**：踮起脚走路，表示恭敬和安静。❸ **安禅**：佛家术语，即安静地打坐。❹ **漏声**：铜壶滴漏之声。❺ **乘月**：即为沐浴着月光之意。❻ **上方**：住持僧居住的内室。亦借指佛寺。

译文

放轻脚步缓缓地踏过寒竹林，打坐修禅只能听到那铜壶水滴滴落的声音。高高的松树上落下颗颗松果，那深井的水面也慢慢凝结成冰。磬声停罢而屋外的树枝仍在随风而动，悬挂的烛灯将那被皑皑白雪覆盖的屋舍映照得格外温暖明亮。等你邀请我去那里留宿，让我也好沐浴着月色感受万物静寂与内心的平静。

赏析

青龙寺位于竹林深处，周围有松树、深井，冬天为大雪掩映，别有一番景致。作者以想象的手法，表达对青龙寺的神往和对朋友的思念。

寿松

松树因为质地坚硬，寿命很长，常被人赞誉为『长寿』的象征，老人生日就有『寿比南山不老松』的祝福。现在我国境内树龄在千年以上的古松就有不少。

hán dān　dōng zhì yè sī jiā
邯郸❶冬至夜思家

［唐］白居易

hán dān yì lǐ féng dōng zhì
邯郸驿❷里逢冬至❸，

bào xī dēng qián yǐng bàn shēn
抱膝灯前影伴身。

xiǎng dé jiā zhōng yè shēn zuò
想得家中夜深坐，

hái yīng shuō zhe yuǎn xíng rén
还应说着远行人。

注释

❶ **邯郸**：唐代县名，今河北邯郸市。❷ **驿**：驿站，客店，古代传递公文，转运官物或出差的官员途中歇息的地方。❸ **冬至**：农历二十四节气之一。在十二月下旬，这一天北半球白天最短，夜晚最长。古代冬至有全家团聚的习俗。

译文

我留宿在邯郸驿站客店的时候，正好是冬至这天。晚上，我抱着双膝坐在灯前，只有影子与我相伴。我想，今天家中的亲人们会相聚到深夜，他们应该还谈论着我这个远行的人。

赏析

白居易的诗常以语言浅近、平实质朴著称。这首诗平实质朴，构思精巧别致，字里行间流露着淡淡的思乡之愁以及浓浓的怀亲之意。

冬至

冬至俗称“冬节”“长至节”或“亚岁”等，既是二十四节气中一个重要的节气，也是中华民族共同的传统节日，在古代民间有“冬至大如年”的说法。古时候，漂泊在外地的人到了这时候都要回家过冬至，即所谓“年终有所归宿”。

dà dé gē dōngjǐng

大德歌·冬景

[元]关汉卿[1]

xuě fěn huá wǔ lí huā zài bú jiàn yān cūn sì wǔ jiā

雪粉华[2]，舞梨花，再不见烟村四五家。

mì sǎ kān tú huà kàn shū lín zào wǎn yā

密洒堪图画，看疏林噪晚鸦。

huánglú yǎn yìng qīng jiāng xià xié lǎn zhe diào yú chā

黄芦[3]掩映清江下，斜缆着钓鱼艖[4]。

注释

❶ **关汉卿**（约1220—1300），号已斋（一作一斋）、已斋叟，元代杂剧作家，是中国古代戏曲创作的代表人物，与马致远、郑光祖、白朴并称为“元曲四大家”。❷ **华**：光彩、光辉。❸ **黄芦**：枯黄的芦苇。❹ **艖**：小船。

译文

大雪粉白光华，像飞舞的梨花，遮住了郊野三三两两的农家。雪花密密层层地飘洒堪描堪画，看那稀疏的树林上鸣叫着晚归的寒鸦。一条钓鱼的小船正斜揽在枯黄芦苇掩映的清江下。

赏析

这首小令，作者通过对冬景的描绘，曲折地表现了元代文人儒士无限的兴亡之叹。

船的别称

船在交通不发达的古代是人们重要的出行工具，它的别称也因大小不一而五花八门：民用船通常称为船（古称舳舻）、船舶、轮机、舫；军用船称为舰（古称艨艟）、舰艇；小型船称为艇、舢板、筏或舟，其统称为舰艇或船舶。

冬至习俗

冬至兼具自然与人文两大内涵，既是自然节气点，也是一个传统的祭祖节日。冬至节，来源于节气特点“冬至一阳生”“天地阳气回升”，古人认为自冬至起，天地阳气开始兴作，所以古人将冬至视为吉日，因此在冬至祭祀神灵和祖先，此后形成节日习俗。

如今沿海一带如粤西、潮汕、浙江部分地区仍延续了冬至祭祖的传统习俗。家家户户都把家谱、祖先像、牌位等供于家中上厅，安放供桌，摆好香炉、供品等。祭祖的同时，有的地方也祭祀天神、土地神，以祈祷来年风调雨顺，家和万事兴。广东人冬至吃烧腊与姜饭，冬至这天，大多数广东人都有“加菜”吃冬至肉的风俗。潮汕一带有“冬节丸，一食就过年”的民谚，俗称“添岁”。客家人认为，冬至时的水味最醇，所以客家人冬至酿酒已成为习俗。杭州人冬至吃年糕，从明末清初至今，杭州人每逢冬至要做三餐不同风味的年糕。冬至吃年糕，寓意年年长高，图个吉利。在四川却是冬至吃羊肉汤，羊肉可谓冬日滋补之首。湖南、湖北一带，在冬至那天一定要吃赤豆糯米饭。

诗路小憩

诗词大会

一、古诗接龙。（后一句中要包含前一句的最后一个字）

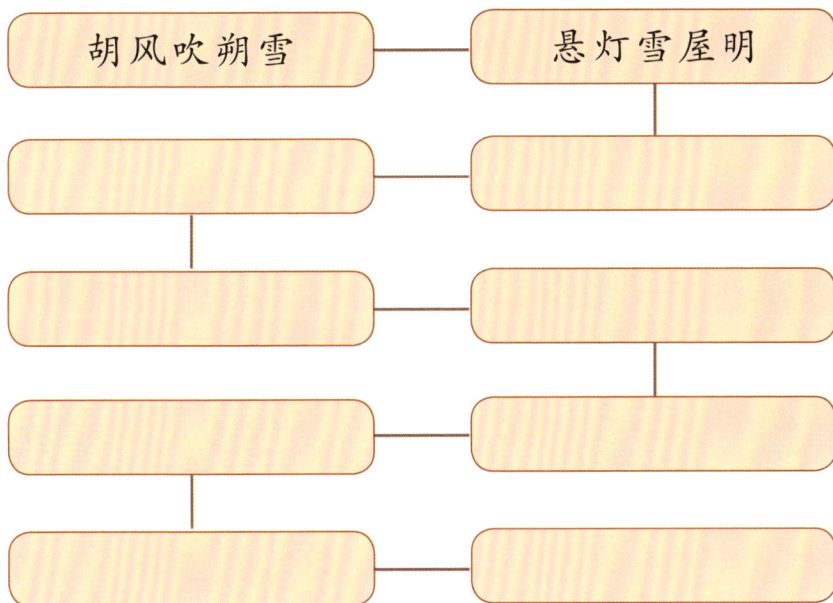

胡风吹朔雪 —— 悬灯雪屋明

二、回答下列问题。

1. “元嘉三大家”分别是哪些人？

2. “高松残子落”的下一句是什么？

3. 关汉卿与马致远、郑光祖、白朴并称为什么？

xuě
雪

［唐］罗　隐❶

jìn dào fēng nián ruì
尽道丰年瑞❷，

fēng nián shì ruò hé
丰年事若何❸。

cháng ān yǒu pín zhě
长安有贫者，

wéi ruì bù yí duō
为瑞不宜❹多。

注释

❶ **罗隐**（833-909），字昭谏，唐代诗人。❷ **尽道丰年瑞**：尽，全。道，讲，说。丰年瑞，瑞雪兆丰年。❸ **若何**：如何，怎么样。❹ **宜**：应该。

译文

都说瑞雪兆丰年，丰年情况又如何？长安城里有穷人，我说瑞雪不宜多。

赏析

题目是“雪”，诗却非咏雪，而是发了一通雪是否是瑞兆的议论。不仅饱含着诗人的愤激之情，而且处处显示出诗人同情下层人民、愤世嫉俗的性格。从这里可以看出，对诗歌的形象性是不宜做过分偏狭的理解的。

雪的别称

雪有许多别称，这些别称通常都出自古代诗人的名句，比如“银粟”（“独往独来银粟地”——宋·杨万里）、“玉尘”（“东风散玉尘”——唐·白居易）、“玉龙”（“岘山一夜玉龙寒”——唐·吕岩）、“六出”（“六出飞花入户时”——唐·高骈）等。

kàn xuě
看雪

［宋］严　参❶

tiān yuǎn zhèng nán qióng
天远正难穷，

lóu gāo bù kān yǐ
楼高不堪倚。

zuì mèng rù jiāng nán
醉梦入江南，

yáng huā shù qiān lǐ
杨花❷数千里。

注释

❶**严参**，字少鲁，自号三休居士，北宋诗人，与严羽、严仁齐名，时号“三严”。❷**杨花**：雪花。

译文

天际很远望不到尽头啊，楼阁很高感觉不好倚靠。醉梦里自己来到了江南，看见了杨花漫天的壮观景象。

赏析

前两句实写雪天浩渺，后两句化实为虚，将眼前景物化作醉梦中的江南美景，漫天雪花遂成了一望无际的杨花。“千里”与“天远”相扣，诗意则暗用谢道韫咏雪句“未若柳絮因风起”之意。

四大名楼

古往今来，历朝历代，上至真命天子，下到州官县府，都喜欢修建楼阁。古代诗文中经常被吟咏的四大名楼，一般指山西鹳雀楼、江西滕王阁、湖北黄鹤楼、湖南岳阳楼。

guān liè

观猎[1]

［唐］王 维

fēng jìng jiǎo gōng míng, jiāng jūn liè wèi chéng.
风劲[2]角弓[3]鸣，将军猎渭城。

cǎo kū yīng yǎn jí, xuě jìn mǎ tí qīng.
草枯鹰[4]眼疾，雪尽马蹄轻。

hū guò xīn fēng shì, huán guī xì liǔ yíng.
忽过新丰市[5]，还归细柳营[6]。

huí kàn shè diāo chù, qiān lǐ mù yún píng.
回看射雕处，千里暮云平[7]。

注释

❶**猎**：狩猎。❷**劲**：强劲。❸**角弓**：用兽角装饰的硬弓；使用动物的角、筋等材料制作的传统复合弓。❹**鹰**：指猎鹰。❺**新丰市**：故址在今陕西省临潼东北，是古代盛产美酒的地方。❻**细柳营**：西汉名将周亚夫的军营，以军纪严明而著称。这里代指驻扎的营地，并非实指细柳营。❼**暮云平**：傍晚的云层与大地连成一片。

译文

狂风声里，角弓鸣响，将军在渭城郊外狩猎。秋草枯黄，鹰眼更加锐利；冰雪消融，马蹄格外轻快。转眼已过新丰市，不久又回细柳营。回头远眺射雕处的荒野，千里暮云平展到天边。

赏析

此诗运用先声夺人、侧面烘托和活用典故等艺术手法来刻画人物，从而使诗的形象鲜明生动、意境恢宏而含蓄。诗写的虽是日常的狩猎活动，但却栩栩如生地刻画出将军的骁勇英姿，表达出诗人渴望效命疆场，期盼建功立业的愿望。

将军

“将军”在不同国家、朝代的具体指代不同，中国古代常作为高级武官、军政官员的职位。另外，有着两千多年历史的中国象棋里，“将军”又是象棋中的术语。

sòng yǒu rén yóu biān

送友人游边

［唐］黄　滔[1]

lǔ jiǔ bù néng nóng，zòng qīng chóu yì zhòng。
虏酒[2]不能浓，纵倾愁亦重。

guān hé chū luò rì，shuāng xuě xià qióng dōng。
关河[3]初落日，霜雪下穷冬。

yě shāo kū péng xuán，shā fēng pǐ mǎ chōng。
野烧枯蓬[4]旋，沙风匹马冲。

jì mén wú yì guò，qiān lǐ duàn rén zōng。
蓟门[5]无易过，千里断人踪。

注释

❶ **黄滔**（840—911），字文江，晚唐五代著名的文学家，被誉为“福建文坛盟主”、闽中“文章初祖”。❷ **虏酒**：旧称北方民族所酿的酒。❸ **关河**：指函谷关与黄河。❹ **枯蓬**：枯干的蓬草。❺ **蓟门**：即蓟丘。

译文

喝酒不能喝得太多，不然只会增添内心的忧愁。黄河关外的太阳快要下山，冬天的霜雪也下起来了。野外燃烧的蓬草随风而起，马匹迎着沙漠的大风前进。蓟门这个地方不容易走过啊，因为千里无人烟。

赏析

在边塞送行，满目俱是苍凉景象，夕阳、衰草、黄沙，这些都增添了送别时的伤感，纵然酒香浓烈，也无法减轻这种痛苦。诗人通过客观的景物描写来衬托离别时对友人的不舍之情。

蓟门

原指古蓟门关。但在历代，都没有一座城门叫蓟门，古代诗词中“蓟门”泛指北京。“蓟门烟树”中的蓟门，也不是蓟城的城门，更不是蓟门故址，而是指元代古城的旧址。历史上确有蓟门这一地名，位置在今北京西城区牛街附近，如今早已无存。古蓟城位于今北京广安门一带。

huàn xī shā　bàn yè yín shān shàng jī sū

浣溪沙·半夜银山上积苏

［宋］苏　轼[1]

bàn yè yín shān shàng jī sū，zhāo lái jiǔ mò dài suí chē
半夜[2]银山[3]上积苏[4]，朝来九陌[5]带随车[6]。

tāo jiāng yān zhǔ yì shí wú
涛江烟渚一时无。

kōng fù yǒu shī yī yǒu jié，shī xīn rú guì mǐ rú zhū
空腹有诗衣有结，湿薪如桂米如珠。

dòng yín shuí bàn niǎn zī xū
冻吟谁伴捻髭须[7]。

注释

❶ **苏轼**（1037—1101），字子瞻，号东坡，北宋著名文学家、书法家、画家。❷ **半夜**：夜里十二点左右，也泛指深夜。❸ **银山**：雪堆积的样子。❹ **积苏**：指丛生的野草。❺ **九陌**：田间的许多条道路。❻ **随车**：指时雨跟着车子而降。也比喻官吏施行仁政及时为民解忧。车，古读“jū”。❼ **捻髭须**：捻弄髭须。指沉思吟哦之状。

译文

深夜下起鹅毛大雪，野草丛上覆满白雪，犹如一座座银山，早晨看到田间的道路上雨雪随车而降，昔日大江里奔涌的波涛和沙渚上弥漫的水烟，这时都没有了，变成了白茫茫的冰天雪地。

饥饿的肚子里只有诗词，衣服上的线编织成结，潮湿的柴火像桂木一样宝贵，一粒粒的米就像一颗颗珍珠一样珍贵，谁能和我在寒天里捻着胡须吟咏诗句？

赏析

作者面对白茫茫的冰天雪地，不在乎生活的贫困，而在乎的是谁能与他一起吟诵诗句。既表现出作者豁达的心胸，又表现出他对友人来访的期盼之情。

薪水

薪水在古代不是现在的工资的意思，而是指打柴汲水。据《南史·陶潜传》记载：陶潜送给他儿子一个仆人，并写信说：『你每日生活开支费用，自己难以供给自己，现派一个仆人来帮助你打柴汲水。』后来人们便把劳动所得的工资叫作『薪水』了。

细柳营

汉代名将周亚夫当年治军严明。据说，汉文帝时，军臣单于拒绝和亲之约，对汉朝发动战争。他以6万骑兵，分别侵入上党郡及云中郡，杀伤很多。汉文帝急忙以中大夫令勉为车骑将军，率军进驻飞狐（今山西上党）；以原楚相苏意为将军，将兵入代地，进驻句注（今山西雁门关附近）；又派将军张武屯兵北地。同时，置三将军保卫长安：河内太守周亚夫驻屯细柳，祝兹侯徐厉驻棘门，宗正刘礼驻霸上。

大战在即，汉文帝亲自去慰劳军队。到了霸上和棘门的军营，进去很容易，将军及其属下都骑着马迎送。当他来到细柳军营，看到官兵持戈带甲，戒备森严。皇上的卫队长说："皇上驾到。"营中将官回答："将军有令，军中只听将军令，没有诏书不会服从天子命令。" 于是汉文帝派使者拿符节去通报周亚夫："要进营慰劳军队。"周亚夫接令，这才传令打开军营大门。劳军完毕出了细柳军营的大门后，许多大臣都议论周亚夫过于狂妄，唯汉文帝感叹说："先前的霸上、棘门的军营，简直就像儿戏一样，周亚夫才是真正的将军。"

诗路小憩

诗词大会

一、从下面的汉字魔方中找出四句古诗词。

倚	腹	渭	正	长	野	安
难	不	枯	有	贫	猎	醉
者	南	细	山	千	暮	事
柳	薪	营	梦	入	空	平
湿	桂	如	珠	烧	年	蓬
堪	丰	穷	若	有	米	诗
半	里	夜	银	云	如	江

二、写出几句含有“千里”二字的古诗词。

1. ______________，______________。

2. ______________，______________。

3. ______________，______________。

4. ______________，______________。

5. ______________，______________。

6. ______________，______________。

7. ______________，______________。

dōng yè sòng rén
冬夜送人

［唐］贾　岛[1]

píng míng zǒu mǎ shàng cūn qiáo
平　明[2]走　马[3]上　村　桥，

huā luò méi xī xuě wèi xiāo
花　落　梅　溪　雪　未　消。

rì duǎn tiān hán chóu sòng kè
日　短　天　寒　愁　送　客，

chǔ shān wú xiàn lù tiáo tiáo
楚　山　无　限　路　迢　迢。

注释

❶ **贾岛**（779—843），字阆（láng）仙，自号“碣石山人”，唐代诗人。人称“诗奴”，与孟郊共称“郊寒岛瘦”。❷ **平明**：指黎明。天刚亮的时候。❸ **走马**：骑马疾走；驰逐。

译文

天色刚明，我们骑马送你到村口桥头。大雪连下几日积雪未消，枝头的梅花花瓣随风飘落，随着水流而去。冬日昼短夜长，天寒地冻。在这黎明时分你离去，心中万般不舍。看着那绵延无际的楚山，想着路途遥远，沿途险阻，不得不为你担心啊。

赏析

送别的时候，本身心情忧愁，再加上大雪未消，天寒地冻，更加让人难过。以飘落的梅花、流逝的溪水、路途的遥远来反衬诗人内心的不舍。

马与伯乐

传说中，天上管理马匹的神仙叫伯乐。在人间，人们把精于鉴别马匹优劣的人，也称为伯乐。第一个被称作伯乐的人本名孙阳，他是春秋时期的人，由于他对马的研究非常深入，人们便忘记了他本来的名字，干脆称他为伯乐，一直延续到现在。

duì xuě
对 雪

［唐］高 骈[1]

liù chū fēi huā rù hù shí
六出[2]飞花入户时，

zuò kàn qīng zhú biàn qióng zhī
坐看青竹变琼枝[3]。

rú jīn hǎo shàng gāo lóu wàng
如今好上高楼望，

gài jìn rén jiān è lù qí
盖尽人间恶路岐[4]。

注释

❶ **高骈**（821—887），字千里，南平郡王高崇文之孙，晚唐名将。❷ **六出**：雪花呈六角形，故以“六出”称雪花。❸ **琼枝**：竹枝因雪覆盖，就似白玉枝一般。❹ **恶路岐**：险恶的岔路。

译文

雪花飘舞着飞入了窗户，我坐在窗前，看着青青的竹子变成白玉般洁白。此时正好登上高楼去远望，那人世间一切险恶的岔路都被大雪覆盖了。

赏析

这是一首借景抒怀之作，写得别具一格。高楼四望，一片洁白，诗人希望白雪能掩盖世上的一切丑恶，让世界变得与雪一样洁白美好。结尾一句，道出了作者胸中的感慨与不平。

琼

琼在古诗文里的含义比较丰富，有美玉、厚礼、贤才、诗文、霜雪等各种比喻义。像宋代苏辙在《答孔武仲》诗写的“愧君赠桃李，永愿报琼玉”，此处“琼玉”则指赠送的厚礼；而唐代元稹的“句句推琼玉，声声播管弦”，则比喻美好的诗文。

dōng yè shū huái

冬夜书怀

［唐］王　维

dōng xiāo hán qiě yǒng yè lòu gōng zhōng fā

冬宵寒且永[1]，夜漏[2]宫中发。

cǎo bái ǎi fán shuāng mù shuāi chéng qīng yuè

草白霭[3]繁霜，木衰澄清月。

lì fú yìng tuí yán zhū dēng zhào huá fà

丽服映颓颜，朱灯照华发。

hàn jiā fāng shàng shào gù yǐng cán cháo yè

汉家方尚少[4]，顾影惭朝谒。

注释

❶ **永**：长。❷ **夜漏**：漏，漏壶，古计时器，意为夜间的时刻。此处夜漏是指报更的鼓声，即漏鼓。❸ **霭**：霜雾迷茫的样子。❹ **尚少**：用汉代颜驷不遇的典故，谓老于郎署，喻为官久不升迁。

译文

冬天夜晚冷又长，宫中传出更鼓响。白草茫茫蒙浓霜，木叶萧疏冷月朗。华服映我衰颓容，红灯照我白发苍。初侍朝廷尚年少，上朝不禁顾影伤。

赏析

本诗借景抒情，以冬夜的肃杀衬托自己仕途失意的萧索。又以丽服、朱灯与颓颜、华发做对比，表现诗人无奈的迟暮心情。

颜驷不遇

颜驷是汉武故事中的一位老郎官。他年轻时喜欢习武，而汉文帝则喜欢文士；汉景帝重容貌，而颜驷却其貌不扬；汉武帝喜欢年轻人有活力，可颜驷已年老气衰，因此三世蹉跎，老于郎署。这故事历朝历代广为传播，常用来比喻怀才不遇。

dōng yè jì wēn fēi qīng

冬夜寄温飞卿[1]

［唐］鱼玄机[2]

kǔ sī sōu shī dēng xià yín, bù mián cháng yè pà hán qīn
苦思搜诗灯下吟，不眠长夜怕寒衾[3]。

mǎn tíng mù yè chóu fēng qǐ, tòu huǎng shā chuāng xī yuè chén
满庭木叶愁风起，透幌[4]纱窗惜月沈[5]。

shū sàn wèi xián zhōng suì yuàn, shèng shuāi kōng jiàn běn lái xīn
疏散未闲[6]终遂愿，盛衰空见本来心[7]。

yōu qī mò dìng wú tóng chù, mù què jiū jiū kōng rào lín
幽栖莫定梧桐[8]处，暮雀啾啾空绕林。

注释

❶ **温飞卿**：指晚唐诗人、词人温庭筠。温飞卿与鱼玄机是忘年交。❷ **鱼玄机**（约 844—约 871），初名鱼幼微，字蕙兰，晚唐诗人。❸ **寒衾**：冰冷的被褥，表示孤单。❹ **幌**：帘幕。❺ **沈**：通“沉”。❻ **未闲**：不容。❼ **本来心**：心愿未能实现。❽ **梧桐**：传说凤凰栖于梧桐。这里比喻自己无处栖身。

译文

为了写诗在灯下苦苦思索，因孤单而彻夜难眠。庭院里树叶随风而起，透过帘幕纱窗看到月亮下沉不禁感到惋惜。眼见人事更替时光流转，自己心愿始终没有实现。平生无处安定到处漂泊，就像麻雀黄昏时在树林间乱飞。

赏析

此诗中诗人向温庭筠吐露心声，表明没有归宿感。这首诗采用赋的手法，铺陈叙述，诗句娓娓而来，似怨似诉，深刻表现了诗人的凄凉心境。

鱼玄机

传说中鱼玄机五岁就能诵诗百篇，七岁出口成章，十一二岁诗名便盛播长安城。自小命途多舛，后出家为道士，但才华纵横，与李冶、薛涛、刘采春并称唐代四大女诗人。

yǒngniàn sì qì shī xiǎo hán shí èr yuè jié

咏廿四气诗·小寒十二月节

[唐]元　稹[1]

xiǎo hán lián dà lǚ，huān què lěi xīn cháo。

小寒连大吕[2]，欢鹊[3]垒新巢。

shí shí xún hé qū，xián zǐ rào shù shāo。

拾食寻河曲，衔紫绕树梢。

shuāng yīng jìn běi shǒu，gòu zhì yǐn cóng máo。

霜鹰近北首，雊[4]雉[5]隐丛茅。

mò guài yán níng qiè，chūn dōng zhēng yuè jiāo。

莫怪严凝切，春冬正月交。

注释

❶ **元稹**（779—831），字微之，别字威明，唐代诗人。❷ **大吕**：本义是钟名，中国古代有十二律之说。十二律又称十二宫。古人又将十二律对应十二个月。大吕律对应的是十二月，是一年中最冷的月份。❸ **鹊**：这里指喜鹊。❹ **雊**：鸣叫。❺ **雉**：野鸡。

译文

正是冬春交替的时节，喜鹊也在欢快地筑巢。一边在河边寻找食物，一边挑拣干枯的树枝垒新的巢。大雁开始北迁，野鸡隐藏在草丛里鸣叫。不要埋怨还是严冬，离温暖的春天已经不远了。

赏析

小寒虽是一年中最冷的时节，却也是处于冬春之交，寒冷的天气并没有阻止一些耐寒的植物的生长。作者通过喜鹊筑巢、大雁再归、野鸡鸣叫等这些春天将要来临的现象，表达对新生活开始的期待之情。

小寒

小寒，为农历二十四节气中的第二十三个节气，也是冬季的第五个节气，标志着冬季时节的正式开始。小寒正处三九前后，俗话说：“冷在三九。”其严寒程度也就可想而知了。各地流行的气象谚语，也可做佐证，如华北一带有“小寒大寒，滴水成冰”的说法，江南一带也有“小寒大寒，冷成冰团”的说法。

小寒时节

不同的节气有不同的气候，生活习俗也各有特色。小寒也不例外。生活上，除注意日常保暖外，进入小寒后年味渐浓，人们开始忙着写春联、剪窗花，赶集买年画、彩灯、鞭炮、香火等，为过春节做准备。饮食上，涮羊肉火锅、吃糖炒栗子、烤白薯成为小寒时尚。俗语说：“三九补一冬，来年无病痛。”说的就是冬令食羊肉调养身体的做法。古时，人们对小寒颇重视，但随着时代变迁，小寒的习俗已渐渐淡化，人们只能从生活中寻找出点点痕迹。居民日常饮食也偏重于暖性食物，如羊肉、狗肉，其中又以羊肉汤最为常见，有的餐馆还推出当归生姜羊肉汤，一些传统的冬令羊肉菜肴重现餐桌，再现了寒冬食俗。

到了小寒，在江苏南京一代的人们一般会煮菜饭吃，菜饭的内容各不相同，有用矮脚黄青菜与咸肉片、香肠片或是板鸭丁，再剁上一些生姜粒与糯米一起煮的，十分鲜香可口。其中矮脚黄、香肠、板鸭都是南京的著名特产，可谓是真正的“南京菜饭”，甚至可与腊八粥相媲美。

而在广州，传统上小寒早上要吃糯米饭。为避免太糯，一般是 60% 的糯米搭配 40% 的香米，再把腊肉和腊肠切碎、炒熟，花生米炒熟，加一些碎葱白，拌在饭里面吃。

诗路小憩

诗词大会

一、写出几句含有叠字的古诗词。

示例：日短天寒愁送客，楚山无限路迢迢。

1. ________________，________________。

2. ________________，________________。

3. ________________，________________。

4. ________________，________________。

二、从下面的十六宫格中各识别出一句古诗词。

花	楚	人	落
梅	无	溪	如
雪	尽	限	迢
今	盖	未	消

高	盛	上	送
愁	空	来	路
恶	心	楼	迢
衰	见	本	望

空	啾	近	山
绕	客	雉	间
雀	茅	林	丛
啾	好	暮	岐

坐	雏	看	路
青	竹	隐	寒
北	变	霜	天
日	琼	枝	短

子夜冬歌

zǐ yè dōng gē

［唐］薛　曜[1]

shuò fēng kòu qún mù
朔风[2]扣群木，

yán shuāng diāo bǎi cǎo
严霜[3]凋百草。

jiè wèn yuè zhōng rén
借问月中人[4]，

ān dé cháng bù lǎo
安得长不老。

注释

❶ **薛曜**（？—704），字异华，唐代大臣，以文学知名。❷ **朔风**：北风 ❸ **严霜**：寒冷的霜。❹ **月中人**：月中仙子。

译文

北风紧压树木，严霜让百草凋零。想问月中仙子，人怎样才能长生不老呢？

赏析

北风呼啸，寒冷异常，虽然天气极坏，然而作者不以为意，却转笔意外地问起月中仙人怎样长生不老的问题，看似荒诞，却体现了作者一种达观悠闲的意趣。

长生不老

传说，秦始皇为了长生不老，派徐福率领上千名童男童女，去东海为他寻求不死仙药。结果，不但不死仙药没有取得，徐福等人也消失得无影无踪。后来，有个方士说能为秦始皇炼制不死丹药，秦始皇信以为真，花了大量人力物力请方士为自己炼制不死仙药，结果，秦始皇被骗，方士被杀。秦始皇追求长生的事最终以失败而告终。

dōng yè jí shì

冬夜即事

［唐］吕 温❶

bǎi yōu cuán xīn qǐ fù wò

百忧攒心❷起复卧，

yè cháng gěng gěng bù kě guò

夜长耿耿❸不可过。

fēng chuī xuě piàn sì huā luò

风吹雪片似花落，

yuè zhào bīng wén rú jìng pò

月照冰文❹如镜破。

注释

❶ **吕温**（771—811），字和叔，又字化光，唐代诗人，世称“吕衡州”。❷ **攒心**：聚集心头。❸ **耿耿**：心情不安。❹ **冰文**：同“冰纹”，人字形伞盖状的花纹。

译文

因为心事重重，忧愁难解，漫漫长夜，无法入睡。窗外飘雪，好像花瓣一片片地落下，月光在雪夜中透着凄惨的光芒，撒在冰的裂缝上，犹如破镜一般。

赏析

据说诗人写此诗时正出门在外，与家人不能团聚，所以寒夜漫漫，孤枕难眠，再看着窗外的雪花飘落，触景生情，更增添了内心的痛苦。

镜子

镜子的历史很久远，古人将黑曜石、金、银、水晶、铜、青铜等材料研磨抛光后制成镜子。五千多年前，埃及已有用于化妆的古铜镜；中国在四千多年前已有铜镜。玻璃镜的出现还是明代以后的事。

dōng xī
冬 夕

［唐］岑 参

hào hàn shuāng fēng guā tiān dì
浩 汗❶霜 风 刮 天 地，

wēn quán huǒ jǐng wú shēng yì
温 泉 火 井 无 生 意。

zé guó lóng shé dòng bù shēn
泽 国 龙 蛇 冻 不 伸❷，

nán shān shòu bǎi xiāo cán cuì
南 山 瘦 柏 消 残 翠。

注释

❶ **浩汗**：形容盛大繁多。❷ **伸**：舒展开。

译文

大风夹杂着霜雪猛烈地肆虐在天地之间，温泉火井旁边也了无生气。河湖像龙蛇一样冻得伸展不开，连四季常青的松柏都褪去了绿色，显得消瘦了许多。

赏析

诗人在寒冬里触景生情，通过写冬季的严寒，从侧面表现出边塞战士对归家的向往之情。

温泉

泡温泉自古就是人们养生的重要方式。早在两千多年前，为了治疗疮伤，秦始皇就建了“骊山汤”。到了唐代，唐太宗特建“温泉宫”。这都是皇宗贵族才能享受的，而现在泡温泉已经很普遍了。

zèng cóng dì sī kù yuán wài qiú

赠从弟司库员外绿（节选）

［唐］王 维

qīng dōng jiàn yuǎn shān，jī xuě níng cāng cuì。
清冬见远山，积雪凝苍翠。

hào rán chū dōng lín，fā wǒ yí shì yì。
浩然出东林①，发我遗世②意。

huì lián sù qīng shǎng，sù yǔ chén wài shì。
惠连③素清赏，夙语尘外④事。

yù huǎn xié shǒu qī，liú nián yì hé shǐ。
欲缓携手⑤期，流年一何⑥驶。

注释

①**东林**：东边的树林或竹林。②**遗世**：遗弃人世之事。常指人的离世隐居，修仙学道，有时也用作死亡的婉辞。这里作离世隐居讲。③**惠连**：指南朝宋谢惠连。惠连年幼聪慧，受到族兄谢灵运的赞赏。后来诗文中常用为从弟或弟的美称。④**尘外**：世外。⑤**携手**：指携手一同归隐。⑥**一何**：多么。

译文

明净的冬日可见远处群山，凝雪覆盖了山林的苍翠。走出城东树林只见一片洁白，更触发了我离世隐居的心意。我的弟弟素有清高情趣，早就谈起过隐居的事。想要延缓携手同隐的日期，可流年多么容易消逝。

赏析

这里节选的是诗的后八句，诗人描绘出一幅清新高渺、晶莹剔透的画面：明净冬日的远山，清晰可见，晶莹的雪花，将苍翠的山林覆盖。如此心旷神怡之境，使尘世的繁杂与诗人内心的苦闷化为乌有，这才是他真正渴望追求的境界。此诗意境深远，用笔委婉。

从弟

古人称共曾祖父而不共父亲，又年幼于自己的同辈男性为从弟，若不共祖父则为从祖弟，若共祖父则为从父弟。从父弟与自己比从祖弟更亲一些。与之对应的称谓是从兄。如今将从弟、从兄合称为从兄弟，也称堂兄弟。

shān zhōngdōng yè

山中冬夜

［唐］张　乔[1]

hán yè fēng yáo jìn，kōng lín niǎo sù xī

寒叶风摇尽，空林鸟宿稀[2]。

jiàn bīng fáng lù yǐn，shān xuě zǔ sēng guī

涧冰[3]妨鹿饮，山雪阻僧归。

yè zuò chén xīn dìng，cháng yín yǔ lì wēi

夜坐尘心[4]定，长吟语力微。

rén jiān qù duō shì，hé chù mèng chái fēi

人间去多事，何处梦柴扉。

注释

❶ **张乔**，唐懿宗咸通年间中进士，当时与许棠、郑谷、张宾等东南才子并称“咸通十哲”。❷ **稀**：少。❸ **涧冰**：溪水结冰。❹ **尘心**：凡俗之心，名利之念。

译文

树叶全被寒风吹落了，树林空荡，栖息的飞鸟也少。小溪结冰影响山鹿饮水，山中积雪阻碍僧人回寺。夜晚静坐，心灵安宁，长时间吟诵有些力不从心。人世间有太多琐事，什么时候才能过得逍遥自在呀。

赏析

诗人描绘了一幅冬夜伴灯的独居图，寒叶、空林、涧冰、山雪，构成一个世外的清幽世界，表达了作者追求一种不问世事的隐士情怀。

鹿

鹿是一种与人类关系密切的动物。唐诗中有大量含有鹿这个意象的诗歌，有的诗人借鹿来表达用世之志，有的借它来描绘闲逸的生活情状，抒发隐逸之志。

冬夜古人如何过?

在古代，人们是如何度过寒冷冬夜的呢?其实古人很聪明，他们有办法保暖，让自己免受寒冷天气的折磨。

我们经常在历史古装剧中看到，一些身份尊贵的妃子都穿着有动物皮毛的衣服，这是古代人的一种保暖方式，因为动物的皮毛很能挡风御寒。但是这些皮毛比较稀少，一些猎人会通过打猎获得一些动物的皮毛，然后卖给商家，做一些简单的剪裁后，商家再卖给那些富贵人家。

有钱人家穿动物的皮毛，那么穷人买不起怎么办呢?聪明的古代人就想到了别的方法。既然那些动物的皮毛比较贵，那么干脆自己就找来一些鹅毛和鸭毛来填充衣物，这样也是可以御寒的。这种方法渐渐流传开，人们都开始用这种方法做衣服，其实现在大家所见到的鸭绒被也是从古代流传下来的。

但是这种鸭绒、鹅毛都是从动物身上取来的，产量也是有限的，因此人们为了满足需求，就开始找这些羽毛的代替物。有人发现其实芦花和柳絮都比较轻盈，而且把这些东西缝在布里面，也有御寒的作用。这种御寒的方法成本更低，毕竟在农业社会，河边的芦花有很多，树上的柳絮也很多。

这样一来，再穷的人也可以靠着这些东西度过寒冷的漫漫长夜了!

诗路小憩

诗词大会

一、请在下面的空缺处填上植物的名称。

1. 朔风扣群____，严霜凋百____。

2. 风吹雪片似____落，月照冰文如镜破。

3. 泽国龙蛇冻不伸，南山瘦____消残翠。

4. 寒____风摇尽，空林鸟宿稀。

二、“诗是无形画”，试着画出下面这句诗所展现的画面。

清冬见远山，
积雪凝苍翠。

shí èr yuè shí wǔ yè
十二月十五夜

[清]袁　枚[1]

chén chén gēng gǔ jí
沉沉[2]更鼓急，

jiàn jiàn rén shēng jué
渐渐人声绝[3]。

chuī dēng chuāng gèng míng
吹灯窗更明，

yuè zhào yì tiān xuě
月照一天雪。

注释

❶ **袁枚**（1716—1797），字子才，号简斋，晚年自号仓山居士、随园主人、随园老人，清代诗人、散文家，他是乾嘉时期代表诗人之一，与赵翼、蒋士铨合称“乾嘉三大家”。❷ **沉沉**：指从远处传来的断断续续的声音。❸ **绝**：这里是消失的意思。

译文

沉闷的更鼓声从远处一阵紧一阵地传来，忙碌一天的人们陆续入睡，市井的吵闹声慢慢平息下来。我也吹灭油灯准备入睡，但灯灭后却发现房间更亮了，因为夜空正高悬明月，大地又撒满白雪，明亮的圆月与白雪交相映照在窗上，使房间显得比吹灯前还要明亮。

赏析

原本夜已经很深，吹灭灯火准备上床休息，没想到熄灯之后房间反而更明亮了，这是因为天降大雪的缘故。诗句平常，却很巧妙地抒发了对夜雪的喜爱之情。

更鼓

旧时一夜分成五更，每更大约两小时，晚上派专人巡夜，打鼓报时，叫作“打更”，打更用的鼓就叫“更鼓”。

qīngpíng yuè　dōng yè　ǒuchéng

清平乐·冬夜偶成

［清］袁　绶[1]

xiāo cháng rén jìng　guā dì dōng fēng jǐn
宵长人静，刮地东风[2]紧。
lěng bī luó chóu mián wèi wěn　nán qiǎn lí chóu qiān qǐng
冷逼罗帱眠未稳，难遣离愁千顷。
qǐ lái xián yǐ chuāng shā　yè shēn shuí bō pí pa
起来闲倚窗纱，夜深谁拨琵琶[3]。
tīng dé xiǎo huán sī yǔ　yuè gōu chū shàng méi huā
听得小鬟私语，月钩初上梅花。

注释

❶ **袁绶**（1821—1850），字紫卿，清代女诗人，袁枚孙女，其诗沉着痛快，无闺阁气。❷ **东风**：北风。❸ **琵琶**：一种拨弦乐器。

译文

夜深人静，北风刮得正紧。天气寒冷让人无法入睡，心头的愁绪更是难以排遣。起来靠在纱窗边上，听到不知谁在弹奏琵琶。听得小婢的窃窃私语声，月色下的梅花正悄然绽放。

赏析

虽然夜里寒冷使人无法入睡，可是远方的琵琶声、小婢的私语声，以及窗外的梅花，都给人以无限的安慰，于是烦恼全无，忘却严寒，让人心生惬意。

丫鬟

中国古代，有很多人因为家里没钱、被拐卖等各种原因成为奴隶。在一个地主或官僚的大户家里，会有很多小厮和丫鬟。古代不少文学作品中都描写了丫鬟悲惨的命运。

shuǐ xiān zǐ · xún méi

水仙子·寻梅

［元］乔　吉[1]

dōng qián dōng hòu jǐ cūn zhuāng, xī běi xī nán liǎng lǚ shuāng,

冬前冬后几村庄，溪北溪南两履霜[2]，

shù tóu shù dǐ gū shān shàng. lěng fēng xí lái hé chù xiāng?

树头树底孤山[3]上。冷风袭来何处香？

hū xiāng féng gǎo mèi xiāo cháng.

忽相逢缟袂[4]绡裳[5]。

jiǔ xǐng hán jīng mèng, dí qī chūn duàn cháng, dàn yuè hūn huáng.

酒醒寒惊梦，笛凄春断肠，淡月昏黄。

注释

❶ **乔吉**（约1280—1345），一称乔吉甫，字梦符，号笙鹤翁，又号惺惺道人，元代杂剧家、散曲作家。❷ **两履霜**：一双鞋沾满了白霜。❸ **孤山**：此指杭州西湖的孤山，位处里外二湖之间，又名瀛屿。❹ **缟袂**：白绢做的衣袖。缟，白色的绢。❺ **绡裳**：生丝薄绸做的下衣。绡，生丝织成的薄绸。此处的“缟袂绡裳”，是将梅花拟人化，将其比作缟衣素裙的美女，圣洁而飘逸。

译文

冬前冬后转遍了几个村庄，踏遍了溪南溪北，双脚都沾满了霜，又爬上孤山，在梅树丛中上下寻觅，都未见到梅花的踪迹。忽然一阵寒风吹来，不知从何处飘来一阵幽香，蓦然回首，它竟然就在身后，像一位仙女一样素雅。然而春寒使我从醉梦中醒来，听到凄怨的笛声，便想到春天会尽，梅花也会片片凋落，此时淡淡的月色发出昏黄的光。

赏析

此曲头三句写寻觅梅花的过程，事实上是写作者对理想的执着追求。结尾进一步描写梅花的神韵，自然带出诗人因理想难于实现的感叹和忧伤。

笛子

在传说“八仙过海”的故事里，有个神仙叫韩湘子，他的神器就是笛子，这是古老的汉族乐器。大部分笛子是竹制的，但也有石笛、玉笛及红木做的笛子，古时还有骨笛。

cì běi gù shān xià
次北固山下

［唐］王　湾[1]

kè lù qīng shān wài，xíng zhōu lǜ shuǐ qián。
客路青山外，行舟绿水前。

cháo píng liǎng àn kuò，fēng zhèng yì fān xuán。
潮平两岸阔，风正[2]一帆悬[3]。

hǎi rì shēng cán yè，jiāng chūn rù jiù nián。
海日[4]生残夜[5]，江春[6]入旧年。

xiāng shū hé chù dá，guī yàn luò yáng biān。
乡书[7]何处达，归雁洛阳边。

注释

❶ **王湾**，字为德，唐代文学家、史学家。❷ **风正**：顺风。❸ **悬**：挂。❹ **海日**：海上的旭日。❺ **残夜**：夜将尽之时。❻ **江春**：江南的春天。❼ **乡书**：家信。

译文

出游路过苍翠的北固山下，船儿荡着碧绿的江水向前。春潮正涨，显得两岸江面更宽阔，顺风行船，正好把帆儿高悬。天尚未亮，一轮红日已从江上升起，江南春早，年底就已春风拂面。写好的家书不知投往何处，希望归雁能将家书带到故乡洛阳。

赏析

这首诗写诗人泛舟东行，停船北固山下，见潮平岸阔、残夜归雁而引发了怀乡情思，熔写景、抒情、说理于一炉。全诗和谐优美，妙趣横生，堪称千古名篇。

一天一首古诗词·冬

北固山

远眺北固，横枕大江，石壁嵯峨，山势险固，因此得名北固山。三国时“甘露寺刘备招亲”的故事就发生在北固山。以险峻著称的北固山，因三国故事而名扬千古，此后成为历代诗人青睐的吟咏对象。

shì ér
示儿[1]

［宋］陆　游

sǐ qù yuán zhī wàn shì kōng
死去元知[2]万事空，

dàn bēi bú jiàn jiǔ zhōu tóng
但悲不见九州同。

wáng shī běi dìng zhōng yuán rì
王师[3]北定中原日[4]，

jiā jì wú wàng gào nǎi wēng
家祭[5]无忘告乃翁[6]。

注释

①**示儿**：给儿子看。②**元知**：本来就知道。元同“原”。③**王师**：南宋朝廷的军队。④**北定中原日**：向北进军，收复中原的日子。⑤**家祭**：家人对祖先的祭祀。⑥**乃翁**：你们的父亲，即诗人自己。

译文

我原也知道人死之后万事皆空，只是看不到国家的统一，心里难免悲伤。等到将来大宋军队收复中原的那一天，你们祭祖时千万别忘了告诉我这个喜讯。

赏析

此诗是陆游爱国诗中的一首名篇。陆游一生致力于抗金斗争，一直希望能收复中原。虽然频遇挫折，却仍然未改变初衷。从诗中可以领会到诗人的爱国激情是何等的执着、深沉、热烈、真挚！本诗也凝聚着诗人毕生的心事，诗人始终如一地抱着当时南宋朝廷必然要统一中原的信念，对抗金事业具有必胜的信心。

九州

九州，是中国的代称，又名汉地、中土、神州。最早出现于先秦时期的典籍《尚书·禹贡》中，相传大禹把天下分为九州，还铸造了九只大鼎以代表九州。九州是中华民族先民自古以来的民族地域概念。

大寒

诗词天地

大寒不冷人正忙

小寒之后就是大寒，也是全年二十四节气中的最后一个节气。在古代，作为一年中最后一个月“腊月”里的最后一个节气的大寒，虽是农闲时节，但家家都在“忙”——忙过年，此即“大寒迎年”的风俗。所谓“大寒迎年”，就是说大寒至农历新年这段时间，民间会有一系列活动，归纳起来至少有十大风俗，分别是“食糯”“喝粥”“纵饮”“做牙”“除尘”“糊窗”“蒸供”“赶婚”“赶集”“洗浴”等。

“食糯”，就是大寒节气这天，古人流行吃糯米制作的食物。

“喝粥”，即俗话说的“喝腊八粥”，腊月逢八日喝粥的风俗由来已久，这种粥由米、豆、枣、莲、花生、枸杞、栗子、果仁、桂圆、葡萄干、核桃仁等放在一起熬制而成。

“纵饮”，指放开宴乐，纵情喝酒。东汉蔡邕《独断》中称：“腊者，岁终大祭，纵吏人宴饮也。”

“做牙”，亦称“做牙祭”，原本是祭祀土地公公的仪式，俗称美餐一顿为“打牙祭”的说法即由此而来。做牙有“头牙”和“尾牙”的讲究，头牙在农历的二月二，尾牙则在腊月十六，这天全家坐一起“食尾牙”。

“除尘”，又称“除陈”“打尘”，就是大扫除。“家家刷墙，扫除不祥”，把穷运扫除掉；反之，“腊月不除尘，来年招瘟神”。除尘一般放在腊月二十三、二十四进行，即“祭灶”日。除尘时要忌言语，讲究“闷声发财”。

“大寒迎年”的风俗还有不少，各地也不尽相同，但主题基本上都是围绕“祭祀”展开的，其中一些习俗至今尚存。

诗路小憩

诗词大会

一、写出几句含有数字的古诗词。

1. ________________，________________。

2. ________________，________________。

3. ________________，________________。

4. ________________，________________。

5. ________________，________________。

二、古诗接龙。（后一句中要包含前一句的最后一个字）

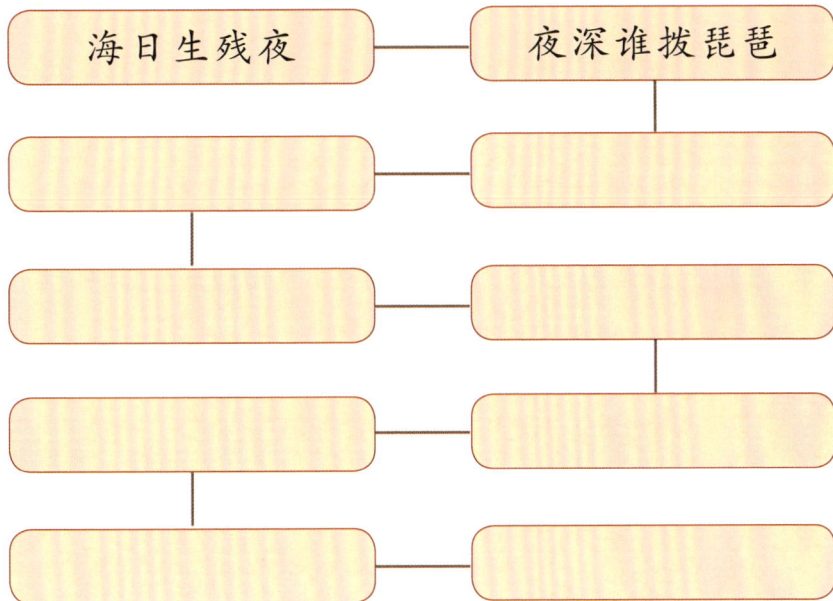

海日生残夜	夜深谁拨琵琶

sì shí
四 时

［东晋］陶渊明[1]

chūn shuǐ mǎn sì zé
春水满四泽，

xià yún duō qí fēng
夏云多奇峰。

qiū yuè yáng míng huī
秋月[2]扬明晖[3]，

dōng lǐng xiù hán sōng
冬岭秀寒松。

注释

❶ **陶渊明**（约 365—427），字元亮（又一说名潜，字渊明），号五柳先生，私谥“靖节”，东晋末期南朝宋初期诗人、文学家、辞赋家、散文家。❷ **秋月**：秋天的月亮。❸ **明晖**：辉煌，光辉。

译文

隆冬过去，一泓春水溢满了田野和水泽；夏天的云变幻莫测，大多如奇峰骤起，千姿百态；秋月朗照，明亮的月光下，一切景物都蒙上了一层迷离的色彩；冬日高岭上，严寒中，青松展现出勃勃生机。

赏析

诗人借助四时之景赞美自然，渲染气氛，抒发个人情怀，充分展示了诗歌言志、言情的功能。运用自然质朴的语言创造出自然美好、生机勃勃的意境。

四时

四时在不同的书籍里代表不同的含义。在《礼记·孔子闲居》里它代表一年的四季，指春夏秋冬；在《逸周书·文传》则指一年四季的农时；在《左传·昭公元年》是指一日的朝、昼、夕、夜。

冬景
dōng jǐng

［宋］吕徽之[1]

dǒu shì xiāo xiāo rì yàn mián
斗室[2]萧萧日晏眠，

shū kuáng wéi yǔ lǎn xiāng biàn
疏狂惟与懒相便。

xún cháng jiǎ zǐ wú xīn jì
寻常甲子[3]无心记，

kàn dào méi huā yòu yì nián
看到梅花又一年。

注释

❶ **吕徽之**，字起猷，号六松，博学能诗文。宋亡后，隐居山中，安贫乐道，以耕渔自给。❷ **斗室**：狭小的居室。❸ **甲子**：古代以六十年为一个甲子。

译文

在房间里睡得很迟才起床，闲散只因为懒惰。日子稀松平淡，日复一日，没有留心，看到梅花开了才知又是一年。

赏析

日子平淡无奇，不用起早贪黑，百无聊赖，看到梅花开了，才意识到时间过得真快，又是一年过去了。诗中表达了对时光流转不可挽回的唏嘘之感。

年龄古称

在古代，人的不同年龄阶段有不同称呼。豆蔻是女子十三四岁至十五六岁，束发是男子十五岁，弱冠是男子二十岁，而立是男子三十岁，不惑是男子四十岁，知天命是男子五十岁，花甲是六十岁，古稀是七十岁，耄（mào）耋（dié）指八十岁，鲐背之年指九十岁，期颐指一百岁。

yóu shān xī cūn

游山西村❶（节选）

［宋］陆　游

mò xiào nóng jiā là jiǔ hún
莫笑农家腊酒❷浑，

fēng nián liú kè zú jī tún
丰年留客足鸡豚❸。

shān chóng shuǐ fù yí wú lù
山重水复❹疑❺无路，

liǔ àn huā míng yòu yì cūn
柳暗花明❻又一村。

注释

❶ **山西村**：村庄名，在今浙江绍兴。❷ **腊酒**：这里指腊月时酿的酒。❸ **足鸡豚**：准备了丰盛的菜肴。足，足够，丰盛。豚，猪，诗中代指猪肉。❹ **山重水复**：一座座山、一道道水重重叠叠。❺ **疑**：以为，怀疑。❻ **柳暗花明**：柳色浓绿，花色明丽。

译文

不要笑话农家腊月里酿的酒看起来很浑浊，他们在丰收之年有足够丰富的佳肴款待客人。一重重山，一道道水，重重叠叠，正以为已经无路可走时，忽然前面柳色浓绿，花色明丽，又一个村庄出现在眼前。

赏析

这首诗是诗人居住在山阴老家时所作，生动地描绘出一幅色彩明丽的农村风光图。诗人陶醉在山西村的人情美、风物美、民俗美中，全诗洋溢着喜悦和赞赏之情。

月份别称

一年十二个月，每个月都有一些不同的别称，很有意思。如十二月别称有季冬、残冬、腊月、冰月、严月；一月的别称有正月、端月、新正、开岁、嘉月，等等。

suì mù

岁 暮

［南北朝］谢灵运[1]

yīn yōu bù néng mèi，kǔ cǐ yè nán tuí。

殷忧[2]不能寐[3]，苦此夜难颓[4]。

míng yuè zhào jī xuě，shuò fēng jìng qiě āi。

明月照积雪，朔风[5]劲[6]且哀[7]。

yùn wǎng wú yān wù，nián shì jué yǐ cuī。

运往[8]无淹物[9]，年逝觉已催。

注释

❶ **谢灵运**（385—433），著名山水诗人，中国文学史上山水诗派的开创者。❷ **殷忧**：深深的忧虑。殷，多，深。❸ **寐**：睡觉。❹ **颓**：尽。❺ **朔风**：北风。❻ **劲**：猛烈。❼ **哀**：悲痛，凄厉。❽ **运往**：四季更替；❾ **淹物**：久留之物。

译文

我怀着深重的忧虑夜不能寐，辗转反侧，内心备受煎熬，长夜漫漫无尽头，天明迟迟盼不来，不堪忍受啊。明月照在积雪上，北风猛烈而且凄厉。没有永久的事物，世事都会随时间的消逝而亡，一年将要过去了，自己的生命也正受到无情的催逼。

赏析

这是一首岁暮感怀诗，时间又是在寂静的长夜，在这“一年将尽之夜”，诗人怀着深重的忧虑，辗转难寐，深感漫漫长夜，似无尽头。全诗叙事、写景、抒情交融汇合，浑然一体，抒发了诗人对时光流逝无可追回的惋惜。

谢灵运

谢灵运是东晋名将谢玄的孙子，从小就聪慧过人，很得谢玄的喜爱，十八岁时继承了祖父的爵位，被封为“康乐公”。谢灵运是中国历史上第一位全力创作山水诗的诗人，有近百首诗留存至今。他在担任永嘉太守期间，足迹几乎踏遍了每一个县，创作了许多传世名篇，他的诗风对后世影响深远。

shānyuánxiǎo méi

山园小梅

［宋］林　逋（bū）[1]

zhòng fāng yáo luò dú xuān yán　zhàn jìn fēng qíng xiàng xiǎo yuán
众芳摇落独暄妍[2]，占尽风情向小园。

shū yǐng héng xié shuǐ qīng qiǎn　àn xiāng fú dòng yuè huáng hūn
疏影横斜[3]水清浅，暗香浮动[4]月黄昏。

shuāng qín yù xià xiān tōu yǎn　fěn dié rú zhī hé duàn hún
霜禽[5]欲下先偷眼，粉蝶如知合[6]断魂。

xìng yǒu wēi yín kě xiāng xiá　bù xū tán bǎn gòng jīn zūn
幸有微吟[7]可相狎[8]，不须檀板[9]共金樽[10]。

注释

❶ **林逋**（967—1028），北宋著名隐逸诗人。❷ **暄妍**：明媚美丽。❸ **疏影横斜**：梅花疏疏落落，横斜的枝干投在水中的影子。❹ **暗香浮动**：梅花散发的清幽香味在飘动。❺ **霜禽**：一指“白鹤”；二指冬天的禽鸟，与下句中夏天的“粉蝶”相对。❻ **合**：应该。❼ **微吟**：低声地吟唱。❽ **狎**：亲近。❾ **檀板**：演唱时用的檀木拍板。❿ **金樽**：黄金打造的酒杯，指代豪华的酒杯。

译文

百花凋零，只有梅花迎着寒风盛开，那明媚的景色把小园的风光占尽。稀疏的影子，横斜在清浅的水中，清幽的芬芳浮动在黄昏的月光之下。禽鸟想落下时先偷看梅花一眼，蝴蝶如果知道梅花的美定会销魂神往。幸喜我能低声吟诵和梅花亲近，不用敲着檀板、执着金杯来欣赏它了。

赏析

首句一个“独”字、一个“尽”字，充分表现了梅花独特的生活环境、不同凡响的性格和那引人入胜的风韵。作者虽是咏梅，实则是他“弗趋荣利”“趣向博远”思想性格的真实写照。

檀板

简称板，一种乐器，因常用檀木制作而有檀板之名。唐玄宗时，梨园乐工黄幡绰善奏此板，故又称绰板。许多民族都用两块板互相敲击，作为一种拍打节奏的乐器。

梅妻鹤子

林逋是北宋年间钱塘人士，死后被赐谥号“和靖”，后世皆称“和靖先生”。林逋幼时孤贫，却很好学，从小便通晓经史百家，尤擅诗画。长大后，开始漫游江淮。阅尽世事纷繁后，于四十岁左右回到杭州，觅得深山幽谷结庐而居，从此植梅养鹤，半世隐居，直至寿终。

以梅为妻

林逋一生不娶，并非是不解风情，相反是因为太过情深义重。林逋的一首《长相思·惜别》早已道出了端倪：“吴山青，越山青，两岸青山相送迎，谁知别离情。君泪盈，妾泪盈，罗带同心结未成，江头潮已平。”若没有经历过爱恨别离之苦，是断不能写出这情真意切、悱恻动人的词句来的。

我们不知道当年的林逋与爱人之间经历了什么，但对于林逋钟爱成癖的梅，必定是具有特别的象征意义的。林逋与梅相依为命二十余年，他对梅的喜爱已经超出了一般的爱，而是爱近成癖、情有独钟，以至于后人将梅称作是他的妻子。

以鹤为子

林逋除了爱梅，亦爱鹤，但他对鹤的感情却与梅不同。林逋养有两只白鹤，每次当他泛舟湖上之时，若遇家中有客来访，童子便放飞白鹤，林逋只要一见到云霄中白鹤盘旋，便知家中来客，马上棹舟而还。

林逋还给白鹤取了名字，叫作“鸣皋”，此名源自《诗·小雅·鹤鸣》：“鹤鸣于九皋，声闻于天。”不仅如此，林逋还常伴鹤入眠。不光林逋对白鹤有爱，白鹤对林逋亦有情，传说在林逋死后，他所养的两只鹤在他墓前悲鸣而死，后来人们将它们葬在墓旁，取名为鹤冢。

诗路小憩

诗词大会

一、将下列内容补充完整。

1. ______________，看到梅花又一年。

2. ______________，柳暗花明又一村。

3. 春水满四泽，______________。

4. 疏影横斜水清浅，______________。

5. ______________，年逝觉已催。

二、写出几首关于花的古诗词，写的越多越好。

____

____

____

____

____

____

____

____

____

元日

yuán rì

[宋] 王安石[1]

bào zhú shēng zhōng yí suì chú
爆竹[2]声中一岁除[3]，

chūn fēng sòng nuǎn rù tú sū
春风送暖入屠苏[4]。

qiān mén wàn hù tóng tóng rì
千门万户曈曈[5]日，

zǒng bǎ xīn táo huàn jiù fú
总把新桃换旧符。

注释

❶ **王安石**（1021—1086），字介甫，号半山，谥文，封荆国公，世人又称王荆公，北宋著名政治家、思想家、文学家、改革家，“唐宋八大家”之一。❷ **爆竹**：古人烧竹子发出爆裂声，用来驱鬼避邪，后来演变为放鞭炮。❸ **一岁除**：一年过去了。除，去。❹ **屠苏**：屠苏草泡的酒，一般在元日饮用，据说可以祛除瘟疫。❺ **曈曈**：太阳初升时光辉灿烂的样子。

译文

在爆竹声中，旧的一年过去了，春风送来的暖意已融进了人们喝的屠苏酒中。新一年的太阳照耀着千家万户，大家都已经把旧的桃符换成了新的。

赏析

这首诗描写新年元日热闹、欢乐和万象更新的动人景象，抒发了诗人革新政治的坚定信念。

元日

元日，农历正月初一为元日，即一年的第一天。元日还有很多别名，如元朔、元正、正旦、端日、岁首、新年、元春，等等。

杂诗

zá shī

[唐]王 维

jūn zì gù xiāng lái
君自故乡来，

yīng zhī gù xiāng shì
应知故乡事。

lái rì qǐ chuāng qián
来日[1]绮窗[2]前，

hán méi zhuó huā wèi
寒梅著花未[3]？

注释

❶**来日**：来的时候。❷**绮窗**：雕画花纹的窗户。❸**著花未**：开花没有？著花，开花。未，用于句末，相当于“否”，表疑问。

译文

您是刚从我们家乡来的，一定了解家乡的人情世态。请问您来的时候我家雕画花纹的窗户前，那一株蜡梅花开了没有？

赏析

诗中的抒情主人公（“我”，不一定是诗人自己），是一个久在异乡的人，忽然遇上来自故乡的旧友，首先激起的自然是强烈的乡思，是急欲了解故乡现今风物、人事的心情。而这种心情通过询问家乡窗前梅花是否开放而表露无遗，甚是别致。

窗

窗，最早被叫作“囱”，古人将屋顶上的窗称为“囱”，墙上的叫作“牖”，《说文解字》上就有“囱穿壁以木为交，窗向北出，牖也，在墙曰牖，在屋曰囱”的解释。

méi huā
梅花

［宋］王安石

qiáng jiǎo shù zhī méi
墙角数枝❶梅，

líng hán dú zì kāi
凌寒❷独自开。

yáo zhī bú shì xuě
遥知❸不是雪，

wèi yǒu àn xiāng lái
为❹有暗香❺来。

注释

❶ **数枝**：几枝。❷ **凌寒**：冒着严寒。❸ **遥知**：远远地就知道。❹ **为**：因为。❺ **暗香**：指梅花淡淡的香气。暗，不明显。

译文

墙角有几枝梅花，冒着严寒独自开放。远远地就知道那是梅花而不是雪，因为有淡淡的幽香飘过来。

赏析

此诗语言朴素，对梅花的形象也不多做描绘，只从墙角梅花绽放、暗香袭来的一个侧面，展现了梅花于严寒之中独自开放的坚贞品质。笔墨不多，却自有深意，耐人寻味。

雪与梅花

梅的坚贞高洁历来为诗人所赞美，众多的咏梅诗都脍炙人口。如宋代陈亮的《梅花》诗：『一朵忽先变，百花皆后香。欲传春消息，不怕雪里藏。』形象地刻画了梅花凌寒独开的坚贞形象。梅与雪常在诗人笔下结下不解之缘，唐朝诗人张谓《早梅》诗：『不知近水花先发，疑是经冬雪未消。』不仅写出了梅花的早发，而且写出梅花洁白如雪的特点。

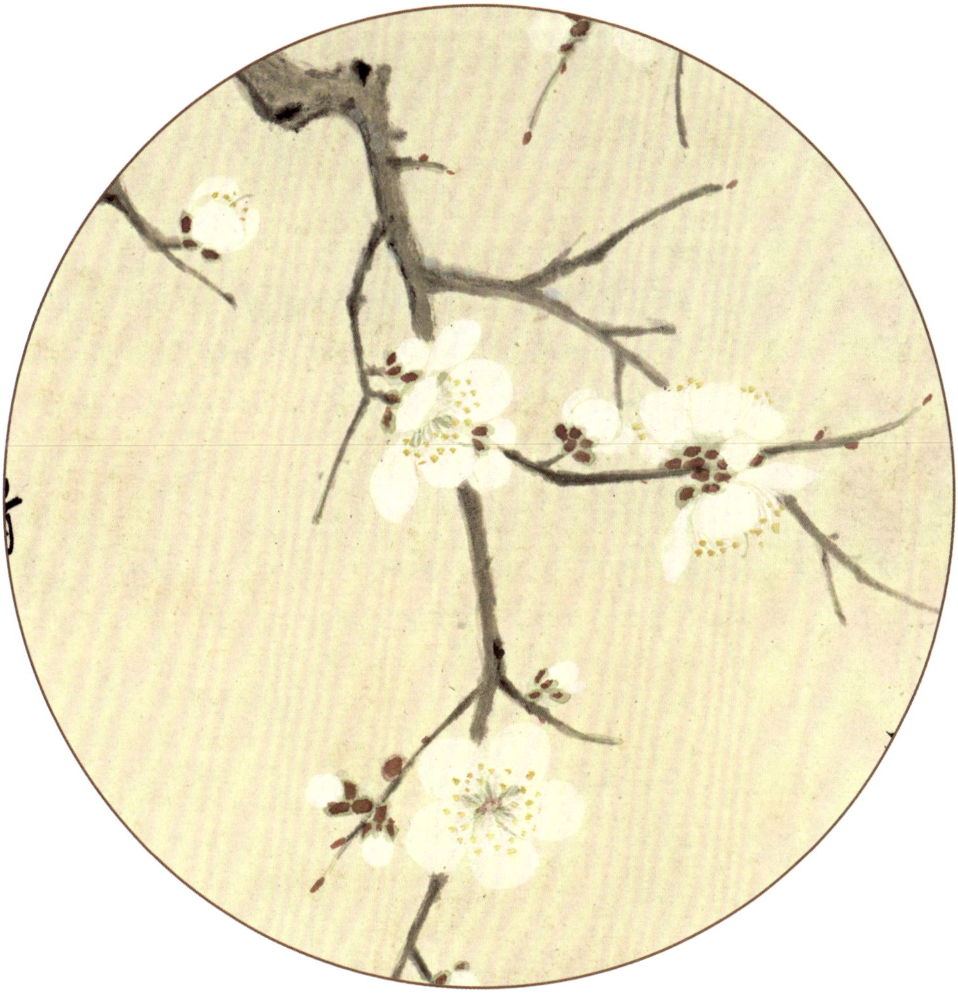

mò méi

墨 梅

［元］王　冕[1]

wǒ jiā xǐ yàn chí biān shù

我家洗砚池[2]边树，

duǒ duǒ huā kāi dàn mò hén

朵朵花开淡墨[3]痕。

bú yào rén kuā yán sè hǎo

不要人夸颜色好，

zhǐ liú qīng qì mǎn qián kūn

只留清气[4]满乾坤[5]。

注释

❶ **王冕**（1287—1359），字元章，号梅花屋主，别号煮石山农，元末著名画家、诗人、篆（zhuàn）刻家。❷ **洗砚池**：洗砚台的水池。❸ **淡墨**：水墨画中墨色的一种。这里是说梅花是由淡淡的墨迹点画而成的。❹ **清气**：清香之气。这里比喻纯洁的人品和高尚的节操。❺ **乾坤**：天地之间。

译文

这幅画画的是生长在我家洗砚池边的梅树，朵朵花儿都是用淡淡的水墨点染而成的。不图人们夸它颜色好看，只希望它的清香能飘散于天地之间。

赏析

这是一首题画诗。诗人赞美梅不求人夸，只愿给人间留下清香的美德，实际上是借梅自喻，表达自己对人生的态度以及不向世俗献媚的高尚情操。

文房四宝

笔墨纸砚是中国独有的文书工具，被称作“文房四宝”。笔、墨、纸、砚之名，起源于南北朝时期。历史上，“文房四宝”所指之物屡有变化。

雪梅·其一

xuě méi qí yī

［宋］卢　钺（yuè）[1]

méi xuě zhēng chūn wèi kěn xiáng
梅雪争春未肯降，

sāo rén gē bǐ fèi píng zhāng
骚人[2]阁[3]笔费评章[4]。

méi xū xùn xuě sān fēn bái
梅须逊[5]雪三分白，

xuě què shū méi yí duàn xiāng
雪却输梅一段香。

注释

❶ **卢钺**，宋朝末年人，以这首雪梅诗留名千古。❷ **骚人**：诗人。❸ **阁**：同“搁”，放下，停下。❹ **评章**：评议。这里指评议梅与雪的高下。❺ **逊**：不及，比不上。

译文

梅花和雪花争夺春色，谁也不肯服输。诗人放下了笔，因为难以写出评判胜负的文章。说句公道话，梅花稍逊雪花三分的洁白，雪花不如梅花的那一股清香。

赏析

这首诗运用拟人的手法，写梅雪争春，互不认输，将早春的梅花与雪花之美生动形象地表现出来。诗的后两句是诗人对梅与雪的评语，说明任何事物有长处也有短处，不能只看到自己的优点而看不到自己的缺点，富有哲理。

骚人

狭义指多愁善感的诗人，泛指忧愁失意的文人。在古代历史上有一位遭贬黜流放的诗人，名为屈原，创作了《离骚》，因而称屈原或《楚辞》的作者为骚人，后“骚人”也成为文人代称。

大画家王冕

说起元代大画家王冕，人们很容易联想到“王冕放牛”“王冕孝母”等民间广为流传的传说。确实，历代名人之中，大画家王冕的故事可谓家喻户晓。

王冕本为浙江诸暨人，出身寒门，却自幼勤奋好学，常趁帮父亲放牛之际跑到学堂躲在窗下听学生读书，久而久之，老师讲课的内容被他尽数记在心中，但因忘记放牛这回事，幼小的王冕没有少挨父亲的责打。母亲见儿子如此痴迷念书，索性准许他寄宿到佛寺之中安心学习。于是，每天晚上王冕都坐在佛像的膝盖上，借着微弱的烛光彻夜苦读，直至天明。这便是大画家王冕“僧寺夜读”的故事。

少年王冕靠着天资聪颖和刻苦钻研的精神，在诗书和绘画方面都展现出惊人的才华。尤其是他的画工，极为出色。在王冕的诸多画作之中，以画梅花与荷花的技艺最为高超。相传，为了力求将荷花画得逼真，王冕可以整日趴在池塘边细心观察荷花的造型神韵，丝毫不知疲倦。炎炎夏日，骄阳似火，江南水边多有蚊虫出没，然而满心系在画作之上的王冕却浑然不觉，依旧手持画笔细细揣摩如何进一步捕捉水中荷花柔美高雅的姿态。路过之人目睹这少年如痴如醉的作画神态，无不啧啧称奇。

多年后，王冕成为远近闻名的大画家，前来向他求取字画的文人络绎不绝。功成名就的他依旧保持着虚怀若谷的品性，并将孝敬父母作为行事准则。由此，大画家王冕孝心侍母的故事也成为千古美谈。

诗路小憩

诗词大会

一、从下面的九宫格中各识别出一句古诗词。

数	墙	梅
白	分	一
枝	角	段

暖	遥	入
不	三	雪
知	香	是

梅	寒	春
风	花	送
未	著	池

气	留	清
坤	洗	砚
乾	只	满

二、古诗词中包含“梅”字的句子很多，请根据下面的表格，写出“梅”字在不同位置的诗句。（也可填五言或词句）

梅						
	梅					
		梅				
			梅			
				梅		
					梅	
						梅

图书在版编目（CIP）数据

一天一首古诗词. 冬 / 夫子主编 .— 济南 ： 山东教育出版社，2019. 6（2020. 3 重印）

ISBN 978-7-5701-0637-0

Ⅰ . ①一… Ⅱ . ①夫… Ⅲ . ①古典诗歌—诗集—中国—少儿读物 Ⅳ . ① I222. 72

中国版本图书馆 CIP 数据核字（2019）第 074537 号

YI TIAN YI SHOU GU SHICI DONG

一天一首古诗词　冬　　　夫子　主编

主管单位：山东出版传媒股份有限公司

出版发行：山东教育出版社

地址：济南市纬一路 321 号　邮编：250001

电话：（0531）82092660　网址：www.sjs.com.cn

印　　刷：济南继东彩艺印刷有限公司

版　　次：2019 年 6 月第 1 版

印　　次：2020 年 3 月第 4 次印刷

开　　本：720 mm × 1020 mm　1/16

印　　张：10

印　　数：30001—40000

字　　数：150 千

书　　号：ISBN 978-7-5701-0637-0

定　　价：36.00 元

（如印装质量有问题，请与印刷厂联系调换）

印厂电话：0531-87160055